Seridó
e outras
histórias

 **Lidia
Izecson**

Seridó 9

Outras histórias

Cachimbos 127

Zumbido 133

Objetos 145

Prisão 151

Refugiada 163

Correspondência 165

Aquilo 171

Praça Tiradentes 173

Convento 177

Fuga 181

Pernas 183

Diagnóstico indefinido 185

Final de festa 193

Sobre a autora 198

*Para Alice e Luisa, meus
refúgios de encantamento*

Para o Vicente, sempre

Seridó

Rio de Janeiro, 2002

1.

— Eles tiveram que deixar tudo para trás. Foi há muito tempo, antes da sua tataravó nascer. Sei que é difícil acreditar em uma coisa dessas, mas agora que você é uma moça feita é bom que saiba um pouco mais da nossa história.

Assim aquele homem alto de cabelos grisalhos começou a conversa. Estavam sentados em um bar no calçadão do Leme, e ela olhava o mar. Viu as ondas se quebrando nas pedras, os pescadores com latas de iscas e um sol que não era o seu. Parecia mais tímido, encoberto de nuvens.

O avião fez duas escalas e ela vomitou nas duas. No céu do Nordeste não balança tanto e a viagem fica mais suave, ela disse ao homem a quem passou a chamar de tio.

A ideia de prestar vestibular em quase todas as universidades federais do país lhe pareceu muito boa, já que a família não teria como bancar os estudos de medicina em uma faculdade particular. De nada adiantaram as ponderações da mãe:

— Por que não pedagogia? Ou então letras? São faculdades boas para moças e você nem precisa mudar de cidade.

Mas isso era o que ela mais queria. De cidade, de casa, vizinhos, amigos — sempre os mesmos — desde que nasceu. E também de primos. Senão, com certeza se casaria com um deles, como era costume das famílias locais.

Começava o ano de 2002, e no caminho de Macau a Natal, onde deveria pegar o avião para o Rio, a estrada desenhava pedaços da infância: os xiquexiques que espetava para ver emergir água, as cabras com seus balidos, o rio Piranhas, onde adorava brincar com a irmã, o mangue, as montanhas das salinas, a monotonia das tardes claras.

Estudou doze horas por dia durante um ano inteiro e nem ela mesma sabia explicar como tinha conseguido fracassar em todas as federais do Nordeste para entrar justamente na mais difícil, aquela em que nenhuma jovem da sua cidade teria coragem de tentar, a faculdade de medicina do Rio de Janeiro.

O casal de meia-idade e sem filhos havia reservado para ela o quarto de empregada com um banheiro, o que lhe pareceu confortável para viver nos primeiros meses, até que conseguisse se alojar em um dos dormitórios da própria universidade. A mãe tentava entusiasmá-la:

— Sei que são gente boa, moram em Copacabana, olha só que luxo, e estão felizes em receber você, isso é o mais importante.

Só ela sabia os caminhos malucos que havia feito para descobrir esses conhecidos dos conhecidos a quem delegava os cuidados da sua pequena, a única que restara. Também só ela sabia da solidão que iria viver dali em diante, sem a menina andando pela casa.

"Alô, tá me ouvindo? Alô? Mãinha? Oi, aqui tá tudo bem, não se preocupe. Eles são legais, me tratam bem, têm uma cachorra que parece filha deles. Chama Vida, já viu se isso é nome de cachorro? Sei, entendi! Já disse que tá tudo bem. A única coisa ruim é a comida. E o calor. Aqui não tem brisa, é abafado o dia todo. Até de noite é abafado, mas eles me deram um ventilador. O quarto tem janela sim, acho que foi reformado faz pouco, tem um armário bem grande, mesa de cabeceira e até espelho pendurado na parede. Coube tudo e ainda sobrou espaço. De sua comida eu tenho saudade. E também da senhora e de painho. E de Malu. A saudade dela é a maior de todas, mãinha. Eu sei, tá bom, vou tentar não pensar. Crochê? Claro que não! Sei que acalma, mas aqui não dá tempo, é uma correria. Tá bom! Tá bom! Prometo. Melhor desligar senão a conta vai ficar cara. Tô me cuidando sim, fique tranquila. Beijo. E mande um pra painho. Também amo a senhora."

10 de março — O início

Nem sei como te contar, Malu, mas no começo eu me senti muito abestada. É tanto ônibus por tudo quanto é lado, e ainda tem as vans, as motos, o jeito deles falarem, o trote na faculdade, as aulas, a comida de bandejão, os bares, as piadas, tudo aqui é tão diferente, parece que eu estou num outro mundo. Até o cheiro do ar aqui é muito estranho, sabia?

As aulas começaram semana passada com a gente tendo que mexer em ossos de cadáveres. Sabia que eles não são brancos, são amarelos? Já decorei o nome de alguns, mas são muito difíceis, tem uns duzentos que eu preciso decorar. A vida é osso, minha irmã. Mas agora já está tudo bem, a única coisa ruim é a comida. Não tem carne de sol nem manteiga de garrafa. Feijão verde eles nunca ouviram falar. De nossa comida eu tenho muita saudade. E também de você, essa é a maior de todas. Te amo!

16 de março — O filho da puta

"Ela sabe que está no fim, sabe que nunca mais vai conseguir se levantar. Nesse corpo não tem mais lugar nem pra injeção, vocês têm que saber lidar com situações como essa; são muito comuns na nossa profissão." O filho da puta disse isso na frente da coitada e saiu estufando o avental branco com o nome bordado no peito. Eu fiquei tão arretada e não consegui deixar de pensar em você, Malu. Tô até agora com um aperto no peito, sentindo sua mão querendo pegar a minha. Tristeza, muita tristeza. Mas amanhã é outro dia e tem mais aula no hospital. Depois eu conto o resto, agora preciso dormir.

Pág. 03: "Certifico a vossa alteza que de ninhuma cousa estou tã espantado como dar nosso Senhor tanta paciência em fraqueza humana, que vissem os filhos levar seus pais a queimar, e as mulheres seus maridos, e huns irmãos a outros, e que nã houvese pessoa que falase, nem chorase, nem fizesse nenhum outro movimento senã despedirem-se huns dos outros cõ suas bençoões, como que partissem pera tornar ao outro dia".

(Trecho da carta enviada pelo inquisidor João de Melo ao rei D. João III relatando-lhe os detalhes do quarto auto de fé, efetuado em Lisboa em 14 de outubro de 1544. In: Izecksohn, Isaac. *Os marranos brasileiros*. Rio de janeiro: Ed. B'Nai Brith, 1967.)

Assim começava o livro que o tio deixou em sua cama. O bilhete, com letra graúda e bem desenhada, dizia: *Lúcia, acho que você vai gostar de conhecer a história triste e heroica dos nossos antepassados. Depois, quando tiver um tempo, podemos conversar sobre o assunto. Abraço, Abraão (o novo tio).*

O livro ficou esquecido em cima da mesinha por muitos dias. Ela, esquecida na decoreba: vômer é o osso do nariz, astrágalo é o da mão, fíbula é um da perna.

Eram sete e quinze da manhã quando o ônibus para o Fundão parou no ponto da Pinheiro Machado e ela conseguiu um lugar na janela. No caminho, um tempo enorme vendo crianças empinando pipas, outras chorando, mulheres carregando sacolas, casas sem reboco, botecos, carros, caminhões, cachorros mortos inchados como balões jogados nas laterais. Alguém já disse que os cães velhos sentem quando está chegando a sua hora e o atropelamento é a única forma de suicídio que conhecem.

"Gente, aperta aí que ainda tá vazio! Aperta aí que tem lugar lá atrás! Vamo sem pressa que a vida é neném! E motorista maluco só o 485 tem!"

Na volta, ela e uma colega de turma sentaram juntas no ônibus.

— Oi, aposto que você também não é daqui.

Lúcia olhou para ela, lambeu o anel como fazia sempre que se sentia acuada, e confirmou:

— Sou do Rio Grande do Norte.

— Eu tinha certeza. Sou do Recife, a gente sempre se reconhece, né?

No dia seguinte, almoçaram juntas no refeitório e partilharam a mesma mesa na biblioteca. Domingo foram ao shopping. A semana toda foi de estudo e muitos comentários sobre as aulas, os colegas, os professores e, claro, sobre a fala dos cariocas. "Coé mehrmão, eshte dia vai ser quentche, cara!"

Irene, ao contrário de Lúcia, tinha nascido para ser notada. Exibia um ar de quem poderia ser o que quisesse na vida e mexia nos cabelos inclinando a cabeça para trás com a firmeza de um jacarandá. "Estou aqui no Rio faz dois anos, mas já me sinto carioca", repetia. "Meu pai foi transferido da filial de Recife, e eu agora não consigo viver sem botar meus olhos no Pão de Açúcar toda manhã."

Esses dois anos de convivência com a cidade davam a ela uma segurança que Lúcia imaginava inalcançável.

— Você não sente falta de lá? Das comidas, dos cheiros... O cheiro do ar aqui é muito diferente; o que eu mais sinto falta é do perfume de lá.

Irene ria:

— Você vai se acostumar, aqui é muito bom mas tem que dar um tempo. E Lúcia se perguntava — quanto tempo é um tempo? Aqui ele passa muito rápido, lá ele é outro, anda devagar e tem cheiro doce.

23 de março — Copacabana

Morar nesse bairro até que é divertido, Malu, você ia adorar! O supermercado fica de frente pra praia e é só chegar perto da avenida pra topar com uns velhos sarados, travestis presepeiros, mulheres gordas de shortinhos, gringos e pivetes de tudo quanto é tipo. Uns são bem novinhos e nunca sei se eles estão ali só pra fazer zoeira ou pra roubar. E tem quatro bares em cada esquina.

Mas eu me sinto uma gringa aqui, não sabe? E vivo me perdendo nessas ruas, sem coragem de perguntar como faço para chegar no Lido, no Flamengo, num tal de Castelo que todo mundo conhece mas não existe mais.

E pra chegar em meu futuro? Aquele que a cartomante prometeu o mais lindo de todos, lembra? Mas como pode ser lindo se você não vai estar lá? Já que ela sabia tudo, por que não me contou? Por que não deu aviso?

Dizem que a fama de Copacabana começou quando duas baleias apareceram na praia e a notícia correu. Daí muitas pessoas começaram a chegar e até o imperador veio ver. Os ricos vieram de carruagens e os outros chegaram a cavalo ou a pé. Quando conseguiram botar os pés na areia as baleias não estavam mais. Mas mesmo assim quem ficou na praia fez muita patuscada num piquenique que durou três dias e três noites. Acredita? Foi o que me contaram! Começou daí a fama de ser um lugar bom pra se divertir. E é mesmo! Quase todo fim de semana tem show grátis, mas o mais bonito, pra mim, é a areia e o calçadão. Na primeira vez que pisei nessas pedras brancas e pretas, chorei como se estivesse picando um quilo de cebolas. Não conseguia acreditar que estava nesse lugar tão famoso. Queria muito trazer você pra conhecer, Malu.

Mas eu quase não aproveito tudo isso, não sabe? Chego em casa sempre depois das sete da noite e tenho que estudar até a uma da manhã. Os tios são legais, muitas vezes me esperam e insistem pra que eu merende com eles. Às vezes eu aceito e outras vezes venho direto pro meu quartinho. Aqui é o meu mundo, já gosto dele.

Tio Abraão ficava tão feliz por Lúcia estar lendo o livro presenteado por ele que a convidava para lanches intermináveis junto com a mulher, Clarice, e aproveitava a ocasião para reler algumas passagens em voz alta, enquanto saboreava torradas com geleia de damasco azedo. A garota, resignada, encarava essas noitadas como "ossos do ofício". Já havia comentado com a mãe que, como não tinham filhos, eles gostavam de ter uma pessoa jovem morando na casa. Receberam por quase dois anos um estudante de Realengo que fazia faculdade em Botafogo. E também um outro, holandês, estagiário em um escritório de arquitetura. Bom para eles e bom para quem precisa de uma casa na zona sul do Rio, pensava Lúcia. E assim ela tinha seu quartinho ali a uma quadra da praia. Durante esses lanches, tomavam chá gelado, e isso era um sacrifício. "Chá na minha terra é coisa pra doentes", dizia com delicadeza. Também era sacrifício sentir o cheiro de milho que exalava do tio quando ele chegava mais perto. Por que ele cheira assim? Será que o tal tratamento ortomolecular é que dá esse cheiro?

Da história dos marranos ela estava até começando a gostar e ficou surpresa quando leu:

> Os primeiros imigrantes de origem judaica que vieram estabelecer-se no Brasil durante o século XVI eram todos provenientes da Península Ibérica, diretamente de Portugal e indiretamente da Espanha.

Em 1391, na Espanha, já se pregava abertamente o extermínio dos judeus, atribuindo-lhes todas as causas da miséria popular. Nesse mesmo ano, após violento discurso de uma autoridade eclesiástica na praça maior de Sevilha, o populacho atacou o bairro judeu e assassinou 4.000 pessoas, enquanto as restantes imploravam de joelhos o batismo para não morrer. E foi então que surgiu a categoria dos "marranos", nome pelo qual foram designados pelo povo esses falsos cristãos que, uma vez obrigados a se batizarem como católicos, ostensivamente praticavam o catolicismo, mas ocultamente se mantinham na fé judaica.

Apesar de estar gostando da leitura, Lúcia pulava todas as páginas que lhe pareciam chatas.

30 de março — Aula de anatomia

O professor é um velhinho que fala muito baixo e devagar. A turma tem setenta alunos e é difícil prestar atenção, difícil segurar o pensamento. Eu fico rodeando os olhos vendo o teto com teias de aranha, as costas dos colegas — umas murchas, outras cheias de músculos, ou será gordura? Os cabelos aqui parecem mais viçosos do que os nossos, talvez por causa da água do mar ser me-

nos salgada. "Se você quer que as pessoas fiquem à vontade diante de corpos, corte-os em pedaços." O velhinho falou isso, depois mostrou a porta e disse:
— *Agora vai todo mundo pro laboratório.*

Saímos, descemos dois andares, e o galego cochichou no meu ouvido:
— *Hora de dissecar cadáveres.*

Fiquei desarvorada, um frio descendo de minha cabeça até o dedão. A sala é enorme, e na porta tem uma placa com letras verdes que assusta. Eu até decorei pra te contar: "Você que nesse momento se debruça com a lâmina rígida e fria do seu bisturi, lembre-se que esse corpo viveu, amou, sofreu, e agora serve à humanidade". Lá dentro, muitas mesas de aço e cada dupla recebeu o pedaço de um corpo. Tudo fica guardado em tanques cheios de formol. Meu colega Márcio e eu recebemos um pé com o tornozelo. Quanto esse pé terá andado? Que tropeços teve? Por quais caminhos escolheu ir? Era pra dissecar. Tirar a pele, músculos, e deixar só os ligamentos que prendem os ossos. Aquele pé muito cinza, frio, enrugado, me desnorteou e fiquei com o rosto cheio de suor, segurando um choro entalado, uma vontade de gritar, sumir. O cheiro era horrível, quase vomitei, e nem consegui olhar para as partes espalhadas nas outras mesas. Mas o professor não queria saber de nada disso, e segurei meu choro com todos os dentes. Levamos quatro aulas dissecando esse pé. Na hora do almoço o assunto continuava, e eu não consigo mais comer carne. Acho que nunca vou conseguir.

Malu, eu nem sei por que escrevo pra você, quer dizer, eu sei, mas não conto pra ninguém. Vão dizer que sou maluca, que não devia perder tempo com isso, que devo botar atenção no estudo já que são tantos livros pra ler, tantos ossos pra decorar, tantas definições, tantos pedaços de corpo. Me sinto muito fraca, Malu. Você sempre foi mais forte que eu e agora preciso de sua força, de suas certezas dizendo "vai em frente, vai dar tudo certo". Mas em algum lugar não deu certo e você foi embora. Quero muito ter você junto comigo, nós duas grudadas como antes, a irmã mais velha que me protegia de tudo e que acabaram arrancando daqui sem dar aviso.

A vida é feita de perdas, alguém me disse, mas eu não vou te perder, Malu. Você vai ficar aqui participando de todas as minhas coisas e prometo que vai ser assim pra sempre, ainda que eu passe noites em claro escrevendo, porque isso me acalma de um jeito que só você consegue. Não vou te abandonar nunca, prometo. E nossas promessas sempre foram sagradas, nunca quebramos uma que fosse, não é? Te amo!

2.

O apartamento tinha só dois quartos, um era o do casal e o outro servia como escritório. Guardava pilhas de pastas, papéis espalhados por cima da escrivaninha e até uma pequena máquina a vapor antiga ainda funcionando. O tio era professor de termodinâmica na faculdade de engenharia e, segundo ele, isso justificava qualquer bagunça. Os ambientes eram amplos, bem iluminados, e Lúcia tinha passe livre, podendo estudar no sofá, abrir seus livros na mesa da sala de jantar, onde quisesse, assim tinham dito os anfitriões, mas ela passava a maior parte do tempo na faculdade e, quando não estava lá, estava estudando na casa da colega. Ela e Irene tinham virado unha e carne. Vez ou outra, se sobrava um tempinho e o dinheiro dava, iam até o Sindicato do Chopp e ficavam reparando nos garotos.

— Aquele tem cara de nerd; o outro lá tá sem viço, precisa fazer academia; xi, justo eu falando, olha a minha barriga, desde que cheguei já engordei mais de dois quilos. Ao contrário de você, eu não sinto falta nenhuma da comida de lá — disse Irene.

A conversa avançava e elas faziam planos.

— Show da Betânia? — retrucou Lúcia. — Adoraria, mas nem pensar, o dinheiro tá curto. Seu pai é advogado de multinacional, mas o meu tem que vender muito cimento lá na loja pra me sustentar nesse Rio de Janeiro. Ô cidade cara! Preciso arranjar uma monitoria ou qualquer outra coisa pra ganhar uns trocados e depender menos dele, tadinho. O cimento aqui é muito mais barato do que lá em Macau, sabia? E não é só o cimento, os tijolos, a cal, tudo no Rio Grande do Norte é mais caro que aqui. Acho que é por causa do frete, a gente tá muito lá pra cima, muito longe desse Sul onde tudo acontece. Graças a Deus a loja de painho só faz crescer.

— Do jeito que você fala, parece que é engenheira e não estudante de medicina — cortou Irene.

— Sei tudo de construção, pode perguntar. Sabe quantos tijolos precisa pra construir uma parede de dois metros de largura por dois e oitenta de altura? Sabe com o que se fixa cuba de pia? Qual é o melhor encanamento pra fazer instalação de uma banheira? Acho que eu devia mesmo ter feito vestibular pra engenharia civil e não pra medicina.

— E eu pra direito. Você sabe tudo de construção, mas aposto que não consegue escrever um contrato, nem de aluguel de uma casinha de fundos. E isso eu sei — disse Irene, mostrando uns dentes muito brancos.

Alguns dias depois, estavam na biblioteca, quando Júlio entrou. Pisando leve e segurando dois livros perguntou baixinho:

— Estão estudando fármaco?

— Deveríamos, mas por enquanto só no papo furado — Irene respondeu. — Quer se juntar? Quem sabe assim a gente toma juízo e começa a fazer o que deve?

Ele puxou uma cadeira para perto delas e sentou ao lado de Lúcia. Ela reparou nas suas mãos grandes, combinando com o rosto também grande e um cabelo castanho que parecia não saber muito bem que caminhos tomar. A roupa era a mesma de todos os garotos da faculdade: bermudas, camiseta colorida e tênis. Sem que ninguém perguntasse, ele começou a dar uma pequena aula:

— Sabiam que fármaco vem do grego *phármakon*, que quer dizer veneno? Toda droga é veneno, depende apenas da dose, isso garanto que vocês já sabem. E sabiam que existem grandes diferenças em dizer droga, medicamento ou remédio?

— Ah, lá vem você querendo impressionar — disse Irene sem dar muita bola para a arrogância de Júlio. — Tá nervoso por causa da prova de amanhã, é isso?

— Nem um pouco, mas como podem perceber, já li o primeiro capítulo do Rang/Dale. Sou bom na decoreba, vou resumir pra vocês: droga é qualquer substância que altera a fisiologia de um organismo vivo; fármaco é uma droga bem conhecida, com estrutura química definida e uso experimental; medicamento é um fármaco com efeito benéfico comprovado e produzido comercialmente; e remédio é qualquer coisa que faz o indivíduo se sentir melhor, como clima, terapia, fisioterapia, massagem etc., inclusive medicamento. Amor eles não incluíram na relação. Nem raiva. E garanto que esses dois podem fazer muito bem ou muito mal, dependendo da dose.

O rapaz terminou o discurso com isso e riu com o rosto todo. Ele falava com uma voz grave e essa voz, ou o cabelo, as mãos, o corpo largo com um pescoço fino, alguma dessas coisas ou o conjunto todo fez com que o clima mudasse. As duas garotas passaram a falar baixo e se concentraram na leitura dos textos. A timidez parecia ter tomado assento naquela mesa, mas não deu cinco minutos e Irene propôs trocarem a leitura individual pela coletiva.

— Que tal? Um lê e a cada dois ou três parágrafos a gente comenta, não é mais produtivo?

A contragosto, Lúcia foi a primeira. Tropeçou em algumas palavras, pigarreou — embora não fosse fumante —, tossiu duas vezes, mas chegou até o final da página. Júlio não deixou por menos:

— Percebeu que você trocou a palavra aversão por atração?

Ela sentiu seu rosto avermelhar, abaixou a cabeça para lamber o anel e conseguiu dizer apenas um: ...É?

Ele se inclinou para a frente, deu um tapinha na mesa e continuou:

— Eu detesto a palavra aversão, mas adoro atração porque ela significa a força que aproxima. Aversão tem a ver com repugnância, rancor, ódio, tudo de ruim, não acham?

— Nossa, nunca tinha pensado nisso, pelo jeito você gosta de dicionários — Irene disparou tirando a cabeça de dentro do livro.

— De dicionários nem tanto, mas às vezes ajudo meu pai nas palavras cruzadas. O velho adora! E por falar em atração, vocês já leram o livro *Por que me tornei médico?* Ele analisa qual a atração que a medicina exerce em cada um. A fama? A glória? O poder de curar e de se sentir Deus? Eu já pensei a respeito; vocês não?

Equilibrando-se na timidez, Lúcia arriscou responder, porém estancou no meio do caminho:

— Eu já pensei muito, mas... acho que não quero falar sobre isso.

Irene não deixou por menos:

— Pra mim a maior atração foi a dificuldade. Quando vi que era o vestibular mais difícil de todos, pensei: é esse! Eu adoro enfrentar desafios, um dia ainda vou escalar o Everest, vocês vão ver.

Lúcia e Júlio se entreolharam, e ele perguntou:

— Mas você pelo menos já escalou o Pão de Açúcar?

— Não, não é tão desafiador a ponto de me atrair.

Depois das risadas dos três, ele voltou ao ponto:

— O que mais me atrai é a possibilidade de ser livre, sentir que posso viver em qualquer lugar, ir e vir pra onde me der na telha sem ter um patrão. Posso resolver cuidar de índios na Amazônia ou de caboclos no interior do Mato Grosso, posso ir pros países da África com o Médicos sem Fronteiras. Médico é necessário em tudo quanto é canto, não é?

— Mas isso não é fácil — Lúcia argumentou se ajeitando melhor na cadeira.

— Eu sei, mas vou perseguir esse sonho. A pessoa que não tem liberdade de ir e vir sempre acaba botando a culpa em alguém e passa a odiar esse alguém. Não quero isso pra mim — Júlio falou, com a voz um tom acima.

O sol já estava baixo quando encerraram a sessão na biblioteca. Conversaram muito e estudaram pouco.

3.

Nem quinze dias depois, Lúcia acordou num susto com Irene ao telefone.

— Irene, hoje é domingo e ainda são sete da manhã, não sabe?

— Quê? Tá de brincadeira! Verdade? Voltando de onde? Maricá? Quem estava dirigindo? Ele estava sozinho? Onde vocês estão? Vou praí.

Quando Lúcia chegou ao velório, no hospital, encontrou boa parte da turma, mas o corpo ainda não havia subido. Muitas pessoas choravam, outras estavam de cabeça baixa, até as paredes cinzentas pareciam não acreditar. Irene, olhos vermelhos no meio de um grupinho, falava como se estivesse rezando:

— Ir embora assim sem aviso, sem nem ao menos dar um adeus, uma pista? Não é justo, é antinatural, não acham? Se fosse alguém velho, que já viveu a vida, mas ele, com toda aquela alegria, os sonhos, a vontade de ser livre, não me conformo, nessas horas acho que Deus não existe, se existisse não deixava acontecer, não tirava a vida de um cara como ele, e a culpa nem foi dele, sabiam? O motorista da carreta foi fazer a curva, entrou na contramão e bateu de frente; a tia ali no canto, foi ela que me contou tudo, como pode uma coisa dessas? Hoje a gente está vivo e amanhã passa um maluco no seu caminho e te leva, é difícil aceitar que ainda outro dia a gente conversava e agora ele taí morto.

— A vida é hoje, não dá pra deixar pra depois, "carpe diem" — disse o rapaz de cabelos ruivos que parecia íntimo da família e inquieto com o falatório de Irene.

Quatro homens entraram por uma porta lateral e depositaram o caixão em cima da mesa. Todos então se aproximaram e os choros ficaram mais altos. A mãe e o pai de Júlio tiveram que ser amparados durante toda a cerimônia.

Reparando que o caixão estava fechado, Lúcia perguntou ao rapaz se iam abrir.

— Não — ele disse.

— É porque está muito machucado?

— Nada disso, eles são judeus e os judeus não abrem o caixão; também não vestem roupas bonitas nos mortos, só uma mortalha, depois de lavarem bem o corpo.

Lúcia ajeitou uma mecha do cabelo e falou baixo: — Em minha família é igual.

— Você é judia? — perguntou o rapaz ruivo.

— Não, sou católica, mas em nosso hábito todos os mortos são lavados e enrolados em um pano antes de serem enterrados. Minha avó conta que antigamente tinha até umas costureiras que cuidavam de fazer esses panos com bainhas de pontos bem largos, parecendo feitos à mão.

O rapaz se mostrou interessado no assunto e continuou a conversa:

— Assim como um recém-nascido é imediatamente lavado e entra neste mundo limpo e puro, aquele que parte deste mundo também deve ser limpo e purificado; nós judeus acreditamos nisso. E os mortos devem ser enterrados na terra, no máximo dentro de um caixão de madeira. A alma vai pra Deus, mas o corpo fica na natureza, do pó vieste e ao pó retornarás, não é assim que está escrito na Bíblia?

— Pra falar a verdade, nunca li a Bíblia, mas em Macau tem gente que leva a pessoa morta dentro de um caixão, tira bem na horinha de enterrar e coloca direto na terra.

— Macau? Na China?

— Não, Macau é minha cidade no Rio Grande do Norte. Nunca ouviu falar? Nasci lá, mas toda a minha família era do Seridó. Aposto que você também nunca ouviu falar de Seridó.

A conversa entre eles foi interrompida por um homem alto, barbudo, com um xale cobrindo os ombros, que começou a entoar uma reza mais parecendo um lamento. Ele segurava um livro com capa de couro preta e lia o lamento enquanto movimentava seu corpo para trás e para a frente. Lúcia reparou que a maior parte dos homens, velhos e moços, estava com a cabeça coberta. E reparou também na ausência de flores e velas, o que, segundo comentou discretamente com o moço ruivo, achava ótimo, pois se não fosse assim a sala ficaria com aquele cheiro quase impossível de aguentar.

Para chegar até o cemitério, ela e Irene conseguiram carona no carro de Felipe, um colega de classe gordinho e olhos cor de madeira envelhecida com quem já tinham almoçado no refeitório. No caminho, Irene tirou da bolsa uma mantilha negra, cobriu a cabeça com ela, e se comportou como a viúva. Soluçou muito, disse que não se conformava, falou que Júlio era um cara maravilhoso e, mergulhando seu nariz em um lenço bordado com florzinhas azuis, passou a fungar e a filosofar seu inconformismo.

— As pessoas vão embora sem dar aviso. Alguém já disse isso, mas eu não consigo aceitar essa morte do Júlio. Não acredito que ele veio ao mundo pra cumprir uma missão curta. Isso é papo furado, ninguém vem ao mundo pra morrer tão jovem. Nossa missão é viver, ajudar o próximo, cuidar dos nossos pais, avós, e... e... e não deixar os coitados órfãos assim sem mais nem menos.

Durante todo o trajeto só ela falou, os outros ocupantes do carro permaneceram mudos.

17 de abril — A morte de Júlio

Malu, fiquei todo esse tempo sem escrever porque a vida está muito louca e tantas coisas aconteceram nesses dias que nem vou ter tempo pra contar tudo agora. Acho que você vai ganhar um amigo aí no céu. Há três dias morreu um colega de nossa turma que parece ser um cara legal. Foi muito triste, mas imagino que vocês vão se dar bem. Fui ao velório e depois ao cemitério. Pensei em você o tempo todo. Era a minha irmã quem estava lá, e não ele. Desespero, choro, a roupa dos parentes cortada, o caixão baixando na terra, o barulho das pás dos coveiros, e o meu coração todo em você, sem querer desgrudar. Até coloquei uma pe-

drinha em cima daquele montinho de terra; disseram que a pedra dura pra sempre e simboliza que o sentimento também vai durar. Com pedrinha ou sem pedrinha, eu e você vamos ficar sempre juntas, grudadas, e vamos continuar assim eternamente.

Quando voltei pra casa encontrei os tios almoçando. Sem fome, empachada de tristeza, não aceitei o convite pra me juntar a eles na comilança de domingo, mas contei de onde estava vindo. Ficaram abestalhados quando falei o sobrenome de Júlio e lembraram que conheciam a família; tinham sido vizinhos quando ainda moravam no bairro da Tijuca. Tio Abraão aproveitou pra me dar mais explicações sobre os costumes judaicos na hora da morte, mas eu, de tão cansada, sentindo aquele cheiro horrível de milho que sai do corpo dele e ainda por cima com um bafo que me lembrou pele de frango esturricada, não consegui aprender nada. Coitado, ele é bom pra mim, mas eu pedi licença, fui pro meu quarto e dormi até o dia seguinte. Os mortos têm dia seguinte?

Hoje cedo o sol bateu de um jeito tão forte no espelho do banheiro que eu vi todos os defeitos de meu rosto: pele branquela, olhos cinzentos, o nariz coberto de sardas. Ah, como eu queria ser morena igual a você, Malu. Quem vai se interessar por al-

guém com esta cara? Chega de chororô, hora de ir pra faculdade, o espelho respondeu. Acho que você estava atrás de meu espelho, típica resposta sua.

Por um milagre desses que não se explica, o ônibus estava vazio e o trânsito uma maravilha. Em quarenta e cinco minutos eu já estava no Fundão. Lá, a morte de Júlio parecia não aperrear mais ninguém. A vida continua, disse o colega barbudo de tênis vermelho; aqui anjos ou fantasmas não têm vez, os professores vão começar as aulas com uma falinha dessas que parece de padre, mas em seguida vão entulhar a gente com matéria nova.

E foi o que aconteceu.

"O coração de um adulto bate em uma frequência média de setenta e cinco vezes por minuto. Nesse tempo, bombeia os cinco litros de sangue que uma pessoa tem." Isso quem falou foi o professor Dalton, um baixinho estufado que chega sempre com a ansiedade encostando no teto e o bolso do avental manchado de tinta azul. Ele não para de falar, metralha a aula inteira. Disse que em uma pessoa jovem a pressão sistólica, aquela que a gente chama de máxima, varia em torno de doze e treze, mas em uma discussão violenta essa pressão pode subir até vinte e quatro. Nessa hora eu pensei a que altura deve ter ido sua pressão naquele dia

da caverna, você e ele lá, só os dois na escuridão, ele dizendo que ia te mostrar os fósseis, depois desabotoando sua blusa, seu sutiã, segurando seus braços, ôôô mana, e eu nem tava lá pra te ajudar. Tá bom, tá bom, vou mudar de assunto, sei que você fica muito mal quando lembra disso.

Irene é a única que ainda fala de Júlio, e sem parar. "Vou te confessar uma coisa", ela disse no intervalo da aula me puxando pra um canto; "você pode achar estranho, mas desde aquele dia na biblioteca eu tive certeza de que Júlio e eu fomos feitos um para o outro. E no dia seguinte, quando conversamos mais, tive absoluta convicção de que ele era o homem de minha vida, você me entende?" Ela disse isso e caiu em um choro barulhento, eu sem saber o que fazer com meu espanto, minhas mãos, meus braços, mas eles foram mais rápidos que os pensamentos e eu a abracei sem dizer nada, até que o choro se aquietou, os soluços pararam, o intervalo teve fim e o professor Dalton pediu que cada um de nós medisse a pressão do colega ao lado. Alívio!

Puxa, Malu, até que acabei escrevendo bastante pra você hoje. Agora vou ler mais um pedaço do livro porque o tio já me cobrou duas vezes. E acredita que eu tô gostando? Olha só como a vida é tristeza pura:

Em 1492, expulsos da Espanha, foi para Portugal que os chefes espirituais do judaísmo espanhol dirigiram seus olhos nessa hora de indizível aflição e angústia. Em conjunto, o total de judeus que entraram em Portugal naquele período pode ser orçado, sem exagero algum, entre duzentas e duzentas e cinquenta mil criaturas. Muito curto, porém, viria a ser o período de felicidade que os míseros exilados gozariam. Breve a mais dolorosa desilusão os atingiria.

Em Portugal, em dezembro de 1496, foi expedida uma provisão que ordenava a saída do reino de todos os judeus que não se convertessem. O prazo era de dez meses, findos os quais seriam condenados à pena última e seus bens confiscados. Ao findar-se o fatídico ano de 1497 não existia mais nenhum judeu declarado em Portugal. Haviam abandonado tudo o que possuíam na Espanha confiando na palavra do monarca português. Triste ilusão!

E a gente ainda se queixa, hein! Pelo menos temos a nossa terrinha que ninguém há de tirar. Te amo!

18 de abril — A cachorra

"Alô, oi mãinha, que susto, tá tudo bem aí? E painho? É que a senhora nunca liga tão cedo. Faz tempo mesmo, mas a correria aqui é muito grande. Também tô com muita saudade, vontade de dar um cheiro. Tudo em ordem, mas eu tenho muita coisa pra fazer, é muito estudo, tempo demais andando de ônibus, decorando nome de ruas, doenças, micróbios, às vezes acho que a minha cabeça não vai dar conta de tudo. Eu sei, eu sei, tô nervosa não, é que às vezes dá uma vontade de passear aí pelo mangue, escorregar nas dunas, comer sua comida, ficar deitada na rede, o pensamento correndo pra onde quiser. Preocupa não, mãinha, eu tô bem, foi escolha minha. Adoro o tio, mas a tia às vezes me deixa um pouco escabreada. Não aguento o jeito como ela me olha, sempre com pena. Vive dizendo pra eu me cuidar e franze a testa como se tivesse um prego espetado ali. Fica muito tempo quieta no sofá vendo TV, espalhando pela casa um cheiro de hidratante de maçã misturado com óleo de cozinha. Acho que ela é uma pessoa triste, mas ainda não descobri por que; vai ver os alunos riem da gordura dela. Já falei da outra vez que ela é professora? Dá aulas numa escola aqui perto pra garotada de oito anos. O tio? Acho que isso também já falei, ele é professor na faculdade de engenharia. A cachorra? A Vida? Adoro ela. É só eu fechar a porta de meu quarto que ela começa a uivar do lado de fora até eu abrir e ela se aboletar em minha cama com todo aquele tamanhão. A raça? Chama Labrador. Gosta de apoiar a cabeça nos meus pés enquanto eu fico enfiada nos livros, às vezes quatro ou cinco horas seguidas. Tem noite que a gente adormece e acorda bocejando igual. Outro dia levei ela passear no calçadão, uma delícia! Tá bom! Tá bom! Prometo! Sei! Tô me cuidando! Tô sim! Melhor desligar senão a conta vai ficar cara. Beijo. Dê um cheiro no pai. Também amo a senhora."

4.

Lúcia já tinha reparado no colega que todos os dias, depois de almoçar, ficava em pé ao lado da máquina de café com os olhos fixos nela. No intervalo, ele não saía da sala, mas acompanhava todos os seus movimentos: levanta, anda até a porta, sai para o corredor, volta ao seu lugar, senta novamente. Fazia tudo isso sem se mover, apenas seu olhar verde caminhava junto dela. Nessas horas ela baixava o rosto e lambia o anel. Sabia que no dia seguinte ele faria tudo outra vez. Comentou com Irene que, indiscreta como era, mediu-o de cima a baixo e deu sua opinião:

— Tem uma cara comum, não parece muito inteligente, deve ser do interior, só alguém do interior usa uma camisa xadrez azul e branco como essa pra vir à faculdade. Mil vezes o Júlio, ele sim se vestia bem e era lindo. Ai, não consigo esquecê-lo, amiga.

Lúcia sabia disso, tinha se tornado a receptadora de todas as lamúrias de Irene pelos sonhos não realizados.

— Se ele não tivesse morrido com certeza estaria comigo, talvez até já estivéssemos planejando morar juntos. Deus nem sempre é bom, comigo não foi, tirou meu futuro sem motivo algum. Eu não merecia isso, sempre fui uma pessoa generosa, tive fé, frequentei igreja... Mas agora ninguém vai poder me culpar por ser uma descrente.

Lúcia não dizia nada, limitava-se ao papel de fiel depositária dos lamentos; sabia que a colega precisava falar, falar, falar. Sofrer por futuros improváveis, será que isso é uma doença?

Numa quarta-feira que prometia nada de especial além da aula chata de fisiologia neurológica, ele se afastou da máquina de café com uma xícara na mão, chegou perto e estendeu-a na direção de Lúcia.

— Quer? Está pelando, cuidado!

Nem cinco minutos depois já estavam todos sentados na sala com ouvidos atentos e corpos de estátuas.

"O sistema nervoso ou sistema neural humano é formado por neurônios, células da glia e reduzida quantidade de substâncias intracelulares. Esse sistema compreende o encéfalo e a medula espinhal, constituindo o sistema nervoso central. Os nervos cranianos, nervos espinhais e os gânglios nervosos formam o sistema nervoso periférico, subdividido em: autônomo parassimpático e autônomo simpático. Para a próxima aula, leiam da página 23 até a 73 e tentem decorar os nomes. Todo médico tem que ter boa memória."

Lúcia achou simpático o gesto do colega que veio até ela oferecendo a xícara de café. No dia seguinte almoçaram juntos.

5.

O tio estava rondando Lúcia desde o dia em que ela contou sobre a morte do colega. Falava o de sempre: perguntava dos estudos, dos amigos, da família, de Macau, da adaptação ao Rio, mas fazia isso como se estivesse esperando por algum momento especial. E aconteceu numa noite em que Lúcia voltou mais cedo para casa. Havia alvoroço na voz dele quando perguntou se ela tinha um tempo para conversar. Com a delicadeza de sempre, ela colocou a mochila na cadeira ao lado do sofá e acomodou-se. Ele então fez uma cara séria, mas ao mesmo tempo acolhedora, e começou a falar.

— Quando você contou sobre o velório do seu colega e falou da sua surpresa com alguns rituais que são os mesmos praticados por sua família lá em Macau, eu fiquei pensando comigo mesmo e falei para a Clarice que iria ter essa conversa com você. Aquele presente, o livro sobre os marranos, não foi dado por acaso. Na verdade, como você já deve ter lido, se é que continuou a leitura, muitos judeus que fugiram de Portugal e Espanha passaram a viver no Nordeste do Brasil, que era então nossa região mais próspera. Aqui, bem longe das fogueiras da Inquisição, apesar da conversão forçada ao catolicismo, as famílias continuaram seguindo suas tradições dentro de casa, especialmente aquelas que optaram por viver no interior, pois sabiam que lá a chance de serem importunadas pelos inquisidores era praticamente nula. Com o passar dos séculos, vários rituais continuaram sendo repetidos, sem que se soubesse o motivo dessas práticas. Trata-se, hoje, de pessoas católicas em termos de religião, mas que reproduzem tradições judaicas. Então, quando você me conta que sua família enrola os mortos em mortalhas, não usa enterrar com caixão, mas sim na terra crua, não passa com o lixo pela porta da frente de casa, onde os judeus sempre têm a mezuzá, coloca roupa mais bonita nas sextas-feiras e cobre os espelhos quando alguém morre, eu só posso afirmar que sua família é de descendência judaica. E para completar, seu sobrenome é Nunes Pereira, dois típicos nomes de Cristãos-Novos.

Tio Abraão falou isso já sem o alvoroço inicial e ficou esperando a reação da garota. Lúcia ficou muda, olhou para o pé de tênis que estava desamarrado, abaixou-se, pegou os cordões, deu um laço, lambeu o anel, tossiu, se ajeitou no sofá e revidou:

— Minha família é católica, meus pais, meus avós e imagino que meus bisas também. Eles morreram quando eu era menina. Minha mãe é devota de Santa Lúcia, por isso eu me chamo Lúcia Maria e minha irmã Maria Lúcia, esse costume tão comum no Nordeste que é o de dar o mesmo nome da santa para as duas irmãs, mesmo elas não sendo gêmeas. Não temos o hábito de ir à missa, nunca tivemos, mas somos católicos com certeza.

Depois, pediu licença alegando que estava cansada e se retirou para seu quarto na área de serviço. O cheiro de milho nessa noite tinha piorado muito. Vida a esperava com a ansiedade de um cão carente. Ela deixou que a cachorra entrasse e se enfiaram as duas na cama.

6.

— Vamos almoçar juntos? — foi o que ele falou quando a aula de ortopedia chegou ao fim e todos se levantaram.

Desceram e ocuparam a única mesa vaga. Era para seis pessoas e logo duas garotas e um garoto pediram licença e também se sentaram. Um lugar ficou vazio, com certeza seria ocupado por Irene, mas ela faltara nesse dia.

— Enxaqueca — Lúcia disse quando ele quis saber.

— Sabia que enxaqueca é de fundo emocional?

— Pois é, acho que ela ainda está muito abalada com a morte de Júlio.

— A verdade é que ninguém está preparado para lidar com a morte — ele disse essa frase e a encarou, continuando seu raciocínio. — E nós vamos ver isso todos os dias; será que escolhemos medicina justamente porque vamos ter tanto poder sobre a vida e a morte?

Fazia muito calor e ele então se levantou, foi até o balcão, voltou com uma garrafa e encheu dois copos com água gelada. Ela reparou nos seus dedos compridos, com as juntas grossas, como as de quem gosta de puxá-los até estalar. Reparou também que ele tinha um olhar terno e um sorriso entusiasmado.

— No meu caso você acertou em cheio, vim buscando isso mesmo; ou mais que isso, vim pra fazer justiça — ela disse olhando para suas próprias mãos.

Os outros três ocupantes da mesa foram se servir e eles continuaram ali até que um colega passou anunciando que a aula de fisiologia já estava começando.

16 de abril — O ataque repentino

Não sei o que me deu, Malu. Se arrependimento matasse eu já estava morta e bem junto de você. Eu não tinha nada que contar tudo pro meu colega, mas quando ele disse "vamos ter tanto poder sobre a vida e a morte", endoidei. Acho que tive um acesso e contei tudo o que aconteceu com você naquele hospital nojento. Contei que você não tinha nada, só umas dorzinhas de barriga de vez em quando, contei que mãinha achava que era verminose e vivia te dando vermífugo, falei daquele médico que disse da pedra na vesícula e do perigo de entalar no colédoco, de nosso medo, de sua coragem em ir fazer "só um pouco mais do que uma simples endoscopia", disse que eu e mãinha ficamos do seu lado sem entender por que você ainda sentia dores mesmo depois do tal procedimento, contei que o idiota já tinha ido embora sem dar explicações e ficamos lá só nós três, os olhos se perguntando o que teria acontecido e ninguém dando satisfações, até que viramos a noite com você chorando de dor e os analgésicos que não funcionavam, e pela manhã o plantonista avisando que tinha acontecido um pequeno incidente, mas nada grave, e você pálida, e eu refletida em sua brancura, querendo respostas, e elas não vinham, até o plantonista avisar que teria de realizar uma cirurgia, e nós sem entender, e aí painho já junto com a gente e dividindo o nosso espanto: Mas não era uma coisa supersimples? Agora é preciso uma cirurgia de abrir a barriga? O que aconteceu? Nada de importante? Como nada de importante? E eles te levaram na maca, você ainda sorrindo e acalmando a gente, volto logo, não fi-

quem aperreados, tô bem, só essa dor, essa dor que agora tá muito forte mas vai passar, e nós naquele corredor gelado, ouvindo vozes, muitas vozes, e demorou muito, agoniados que estávamos, até que você voltou adormecida naquela cama alta, e eles dizendo que era o efeito da anestesia, que você ia acordar logo, e a gente ali com o olhar abestalhado. Eu sei, não tinha nada que contar essas coisas pra ele, mas o pior é que eu ainda continuei e falei dos vinte dias em coma, do tal médico que nunca mais apareceu, de painho espionando a ficha e descobrindo que ele perfurou o seu intestino, e eu falava feito uma máquina sem controle, já quase chorando, até que ele pegou em minha mão e eu dei um pulo. Uma pele é só uma pele, Malu, mas ontem, quando ele acariciou a minha, senti um gosto de flor no céu da boca e o chão amolecendo. Hoje não fui pra faculdade, fiquei estudando por aqui. Medo de encontrar com ele! Muito medo! Preciso de você, minha irmã querida.

7.

Quatro da tarde, a casa vazia e Lúcia resolve entrar onde nunca entrara: o quarto dos tios.

Vida, como boa cachorra de guarda, seguia seus passos com olhar compassivo e o rabo em alegria.

— Não vá contar nada pra eles, você é ou não é minha amiga?

E vão as duas olhando os porta-retratos da cômoda, os livros nas mesas de cabeceiras, as prateleiras em cima da cama de casal sustentando, de um lado, uma pilha de papéis e, do outro, ursos, leões, macacos, patos, cachorros, centopeias, tudo de pelúcia, montando um pequeno jardim zoológico macio e fofo com olhos de vidro.

— Será que tia Clarice brinca com esses bichos? Ou leva pros alunos dela?

Antes que a cachorra desse qualquer resposta, a dúvida se desfez. O macacãozinho azul de um bebê repousava ao lado daquela bicharada colorida, e nele estava bordado em letras vermelhas o nome Michel. Lúcia voltou aos porta-retratos e examinou com mais atenção os tios bem jovens e, em uma das fotos, no colo da tia, um bebê gorducho e sorridente vestindo o macacãozinho que agora fazia companhia aos bichos.

Com um ponto de interrogação grudado na testa, Lúcia sai do quarto, com a cachorra se embaraçando nas suas pernas.

— Será que estou pensando a coisa certa? Sabe, Vida, eu não gosto do jeito como ela me olha. Parece sempre tão cheia de preocupações com meu futuro que eu fico até com medo dele chegar. Será que a culpa é desses olhos de vidro que a encaram todas as noites?

Mas a cachorra só responde quando quer, e nesse dia não parecia disposta a dar explicações.

8.

No ônibus 485, às sete da manhã e já com um sol de derreter chapéu de cangaceiro, sentadas lado a lado, Lúcia e Irene trocavam confidências:

— Já estou mais conformada, conversei com Deus e me acalmei. Eu cheguei a desacreditar d'Ele, achar que Ele não tinha o direito de me tirar o Júlio. Mas numa noite dessas Ele me apareceu e eu entendi que tinha de ser assim. Às vezes um sonho pode fazer a gente repensar tudo, não acha?

— No meu caso aconteceu diferente — Lúcia disse. — Antes eu acordava no meio da noite sabendo que Ele estava lá me protegendo e também toda a minha família. Agora acordo no meio da noite com medo de que Ele venha pra me roubar mais alguém. O que é que eu fiz? O que Malu e os painhos fizeram pra merecer isso? E ainda vem o tio dizendo que sou judia e coloca isso aqui na minha mão.

Abre a bolsa, cutuca o bolsinho lateral e mostra.

— É a estrela de Davi, o símbolo dos judeus — diz Irene. — Você é judia?

— Não, sou católica, mas no momento não sou nada. Que diferença faz ser isso ou aquilo? De que serve usar no peito uma cruz ou uma estrela?

Nessa hora foram interrompidas por um barulho, olharam pela janela do ônibus e viram dois aviões que surgiram e sumiram. Eram dois caças fazendo uma curva para a esquerda.

— Acho que isso sim é Deus — Lúcia falou ainda olhando para o céu.

Irene, se sentindo no dever de "catequizar" a amiga, discursou por dez minutos seguidos. Fez uma fala meio descosida, como Lúcia definiria depois, até que chegaram à faculdade, ela prometendo pensar no assunto, dizendo que sim com a cabeça, mas sem nenhuma sinceridade.

Ele estaria lá? Acariciaria de novo sua mão? Lambeu o anel e cruzou a porta da entrada.

22 de abril — A blusa vermelha

Malu, ontem ele falou que eu não sou calma. Disse que eu disfarço bem, mas tenho uma agitação calada. Eu, para bulir com ele, dei resposta, falei que ele tem aquele jeito sempre animado dos caras que gostam de falar de política. Ele adora falar de política e vive nas reuniões do centro acadêmico. Nem sei se isso é bom ou ruim. Sabe, mana, aqui no meu quartinho o barulho do mar traz uma calma que eu adoro. É quase igual à calma que eu sentia com você quando íamos fazer piquenique, só nós duas, lá na praia de Diogo Lopes. Aquilo era uma coisa linda, um lugar onde ninguém podia entrar, lembra? Eu era feliz como acho que nunca mais vou ser. Como você pôde ir embora me deixando assim sozinha, assim perdida? A gente ainda vivia no lado bom do mundo, tão diferente desse mundo meu de agora. Já sei, já sei, você não quer reclamação, quer que eu conte mais dele. Estávamos os dois sentados um do lado do outro na sala de convivência quando a blusa vermelha escorregou de meu colo. Eu me abaixei pra pegar, ele também, e nossos rostos se tocaram. Nessa hora ele segurou minha cabeça e me deu um beijo na boca. De leve, cheio de carinho. Mana, acho que eu tô ficando apaixonada. Já reparou que nem falo mais das aulas? É segredo, ainda não contei pra Irene.

9.

O segredo durou pouco. Com sua astúcia, a amiga logo percebeu tudo.

Era noite fechada e, na volta para casa, as duas estavam sentadas no ônibus como sempre faziam, quando Irene disparou:

— Achei que você soubesse escolher melhor! Foi se ligar logo no Daniel, aquele magricelo que só pensa em eleições? Já viu como ele se empolga quando fala de eleição? Pode ser qualquer uma: centro acadêmico, prefeito, governador, presidente. Acho que até pra síndico de prédio ele gosta de fazer campanha. É ou não é? Não sei o que você viu nele. Não vai me dizer que foi por causa daqueles olhos verdes aguados?

Uma ambulância piscando e berrando foi a salvação de Lúcia, que, mostrando-se muito mais interessada do que realmente estava no acidente à frente, desviou a conversa:

— Parece que tem feridos, olha lá três pessoas estendidas no chão, tá vendo?

A outra esticava o pescoço para fora da janela, gesticulava, e foi logo gritando para o motorista dizendo que ele devia parar.

— Essas pessoas precisam de ajuda, nós aqui sentadas e eles lá morrendo, não dá pra achar que não temos nada com isso, temos que parar e fazer alguma coisa.

O cobrador olhou para as duas e, com um ar de enfado, avisou:

— A moça não viu que a ambulância acabou de parar lá? Acha que a gente aqui é salva-vidas? Eles é que entendem disso! Mas esses três aí eu acho que já viraram presunto. Não dá nem pra saber se foi carro que atropelou ou se os traficantes é que fizeram o serviço. A polícia vive dizendo que vai dar jeito nos traficantes. Sabe quando isso vai acontecer? Nunca! Se Deus quiser eu vou ficar aqui fazendo troco ainda por muitos anos e eles vão continuar mandando em tudo. Pode gravar o que eu tô dizendo. Não tem polícia que dê jeito nisso, não. É tudo acertado com eles, então já viu, né?

Um pouco assustada, Irene resolveu ficar quieta, só olhando o movimento de fora. Lúcia acalmou a amiga, segurando sua mão, e suspirou num lamento:

— O mundo é injusto, a gente não é nada.

Um silêncio respeitoso tomou conta do ônibus, e ela se sentiu responsável por ele.

Chegando em casa entrou pela porta da cozinha pisando macio, não queria encontrar ninguém. Percebeu a luz azulada da TV, segurou a respiração para não fazer barulho (e nem aspirar o cheiro de milho) e deu graças pelo volume alto. Desde o último encontro não se sentia mais com vontade de conversar com o tio. Também não tinha vontade de continuar a leitura do livro que ele lhe dera. Achando que estava salva, abriu a porta da área de serviço e quase foi derrubada pelas patas e os latidos da cachorra Vida. Tia Clarice então a chamou e ela, ainda com a mochila às costas, foi até a sala, deu boa-noite, agradeceu, disse que já tinha jantado, e encarou a penumbra interior da tia. De acordo com Lúcia, ela parecia estar sempre engolindo um choro, o que contrastava com a sofreguidão costumeira exibida pelo tio. Mas nessa noite ele parecia muito interessado no que estava assistindo e só fez um gesto de oi, afundado no sofá.

Entraram as duas no quarto que já era mais da cachorra do que da garota. Passaram ainda um bom tempo em confidências até que foram vencidas pelo sono.

10.

"Se acham que vão poder delegar tudo às máquinas, podem desistir. De nada adiantam tomografias, ressonâncias, mamografias, cintilografias se o médico não souber auscultar, perscrutar, se não conseguir distinguir uma gripe de uma pneumonia, não souber reconhecer se a tosse sai dos pulmões, do coração ou se é fruto de refluxo. E o fumo, nunca desprezem o fumo ao fazer diagnósticos. Imaginem que vocês vão trabalhar no interior da Amazônia, lá não vai ter toda essa parafernália, no máximo o estetoscópio e o aparelho de pressão. E vocês vão ter que saber usá-los muito bem."

Ele falava, falava, falava, como se todos fossem seus filhos precisando de uma repreensão. Lá fora a barulheira invadia a sala. Deixava a aula ainda mais desinteressante, e os ouvidos buscavam o que estava acontecendo do outro lado do corredor.

— Claro que tem de ser o Lula. Ele é o cara que vai mudar este país, vai botar no caminho certo. Não sacaram isso ainda?

— No caminho certo? Larga de ser trouxa, cara. Ele vai tentar transformar isso aqui numa Cuba.

— Eu, hein! O meu voto quem leva é o Serra. Tô decidido!

— O Serra é canoa furada, meu. Não confio nele pra merda nenhuma! Conheço bem ele lá de São Paulo.

— Você fala do Serra, mas fica mudo quando a TV mostra o dinheiro roubado pela sua tia Roseana lá no Maranhão. Hilário isso, hein!

— Esqueceram do Ciro? Eu tô fechado nele! O cara é foda, macho pra caralho, e é disso que o país precisa.

— Ciro, ôôô meu, ele não tá com nada, vacila muito. Tô fora!

— E o Garotinho? Ele também tá no páreo!

— Esse pra mim é a merda maior. Já não chega o que fez aqui no Rio?

Falavam todos ao mesmo tempo parecendo uma briga de jogo de futebol. Lúcia, curiosa, saiu da sala e fingiu ir ao banheiro só para ver se Daniel estava no meio da confusão. Claro que estava, e quando a viu deu um aceno sorridente. Ela retribuiu e tomou o caminho do banheiro. Lá se olhou no espelho encarando as olheiras, fruto das noites de estudo. Desde esse dia começou a se maquiar um pouco antes de ir para a faculdade.

Em casa, encontrou um bilhete do tio em cima da sua cama. Dizia:

Lúcia, talvez eu tenha assustado você com aquela minha conversa no outro dia. Percebi que você se encolheu e acho que agora anda me evitando. Quero que saiba que não tive a intenção de ofendê-la nem de revelar alguma coisa ofensiva sobre sua família. Eu e Clarice temos muita ternura por você e pensamos que conhecer nossas origens, ainda que remotas, é sempre um bom caminho a ser trilhado. Durante anos, décadas, às vezes séculos, as pessoas sobrevivem praticando os mesmos atos sem se perguntar o porquê deles. Costumam justificá-los com respostas do tipo "sempre foi assim", "é da antiguidade" ou, no caso das mais místicas, se valendo de alegações como "se não fizer dá azar". Mas você é uma garota inteligente, passou num vestibular dificílimo, tem todas as condições para ir além dessas justificativas, conhecendo e se apropriando de uma história que também é sua. Tenho certeza que isso só vai lhe trazer alegrias, e é por isso que insisto que você continue a leitura do livro que lhe dei.

Um grande abraço do tio insistente,
Abraão

Ela leu o bilhete, tirou o tênis, recostou na cama, apoiou a cabeça na parede e ficou pensando. Não exatamente no que o tio tinha escrito, mas sim no que Daniel tinha dito: "Adoro ficar assim perto de você ouvindo esse seu jeito nordestininho de falar". Quem diria que justo aquele jeito nordestino que ela tanto tentava esconder era o que o atraía. E ele disse aquilo com tanta delicadeza que tocou em algum ponto desconhecido dela capaz de trazer segurança, um aconchego há muito tempo buscado.

— Será que o amor é isso? — perguntou para Vida, que acabara de aparecer por debaixo da cama. A cadela deu um uivo curto que Lúcia interpretou como uma afirmação. A noite foi de sonhos bons que teimaram em não serem lembrados no dia seguinte. Mas uma alegria se instalou no rosto dela e não passou despercebida por Irene.

— Tá com uma cara alegrinha hoje, hein! Aposto que é por causa do magricelo.

— Lá vem você de novo com essa história. Ele é legal comigo, só isso.

— Só isso? Pensa que eu não vejo os olhares apaixonados que você dá pra ele?

— Doideira sua! É que ele parece sempre mais firme do que os outros, já reparou que ele sobe as escadas de dois em dois? Tem uma pressa dentro dele e uma força que eu invejo, não sabe? Nem tenho vergonha de dizer que invejo essa força dele.

— Inveja é coisa de gente fraca, para com isso. Você é uma forte que se acha fraca, sempre se botando por baixo, pedindo desculpas, já pensou nisso?

Lúcia discordou, tentou mostrar que não era bem assim, grunhiu um pouco, mas percebeu seu rosto ficando abobado e fez um esforço enorme para não chorar.

O ar ficou amargo entre elas, e Irene captou.

— Mas você tem jeito, minha amiga, bota fé na sua pessoa, você é mansa mas sabe virar onça quando precisa. E é o tipo de mulher baixinha e bem torneada com cintura fina que homem gosta. Pensa nisso, empina o nariz que a segurança vem, sabia?

Claro que ela sabia, difícil era botar isso em prática.

— Vou esperar essa tal fé chegar e me empanzinar de certezas, é isso o que você recomenda? — disse já mais recomposta e jogando na amiga seu olhar tímido e generoso.

A paisagem com casas mal rebocadas, campinhos de futebol de terra batida e crianças brincando entrava pelas janelas do ônibus e fazia curvas aceleradas. O dia amanhecera com temperatura a uns trinta e sete graus.

Quando chegaram à sala de aula, Lúcia reparou que Daniel estava de bermuda jeans e camiseta azul.

"Hipotálamo, hipófise, tiroide, paratireoide, pâncreas, suprarrenal, córtex, medula, sistema reprodutor, regulação endócrina..."

A professora discursava e as palavras dançavam dentro da cabeça da garota sem achar um caminho. Naquela manhã tudo tinha ficado azul!

20 de maio — O namorado

Mana, tô triste por ter ficado tanto tempo sem escrever, mas quando eu contar tudo o que está acontecendo você vai me desculpar, tenho certeza! Nem sei por onde começar e acho que vou acabar embolando as coisas. A vida aqui não é pra gente fraca e às vezes eu acho que não vou dar conta. É muita matéria pra ler, pra decorar, o ônibus é lotado, demora pra vir, depois demora pra chegar lá no Fundão, tem muito assalto, bandido, bala perdida, é tanto susto que eu levo... Semana passada jogaram uma bomba numa tal de Secretaria de Direitos Humanos. Depois, ati-

raram num carro da PM na entrada de um túnel. Todo mundo lá na doideira, e o túnel ficou fechado por mais de quinze minutos. Sorte que eu não estava por ali. Mas o pior de tudo é que eu não tenho mãinha por perto, nem painho, o cheiro das salinas, a água quente do nosso mar, a carne de sol, o suco de graviola, o queijo de coalho, o sorvete de cajá, a macaxeira. Dá uma vontade tão grande de voltar, mana. Nunca pensei que isso fosse acontecer! Lembro sempre da gente no alpendre recitando os poemas de Augusto dos Anjos, e de mãinha dizendo essa frase, acho que do Kafka, "tudo o que você ama um dia perderá, mas no fim o amor retornará em uma forma diferente". Agora isso faz tanto sentido pra mim, Malu. Eu não te perdi, tenho sempre você aqui pra conversar, pra guardar meus segredos enquanto eu guardo você neste caderno verde de capa dura que fica trancado no armário. Você é minha salvação neste Rio de Janeiro, não sabe?

Mas tem uma coisa nova muito boa me ajudando nesses aperreios. Tô de namorado! Se não fosse ele, acho que eu já teria pedido o penico. É um querido, você vai aprovar, tenho certeza. Tem uma barba tão cerrada que se barbeia todo dia antes de ir pra faculdade e, mesmo assim, no começo da noite seu rosto já tá azulando. Eu acho isso lindo, mas Irene diz que é nojento e que ele não passa de um varapau sem graça. Outra coisa que eu adoro é ver como ele se entusiasma com ideias novas, vive animado, achando que o mundo tem jeito. Agora nós almoçamos juntos todos os dias no bandejão. Ainda não contei nada disso pros tios, mas já fui na casa dele. Casa não, que aqui o povo só mora em apartamento. Os pais não estavam lá e tudo aconteceu. Tudo! Tudinho! Avalie você como eu fiquei. Tremi muito, chorei, ele falou que queria beber minhas lágrimas, me beijou toda, disse que sou linda, foi bonito demais.

Acho que eu tô apaixonada, mana! Ele se chama Daniel, tem uma voz alegre e forte, mas sabe ser macio como um urso de pelúcia. Nesse dia perguntou muitas coisas de nossa família e mais ainda de você. Eu contei que vivíamos grudadas, brincávamos o tempo todo e que estou sempre enfiada em nossas recordações. Contei até do dia que você brigou comigo e me trancou dentro do armário, lembra? Fiquei lá mais de hora até que mãinha chegou em casa e me salvou.

Ele ouviu tudo em silêncio, me abraçou e depois disse: eu também já gosto dela. Não é um querido?

Por hoje chega, já contei demais. Agora é botar a cabeça nos livros.

Uma última coisa: quando ele senta ao meu lado parece que alguém abre uma porta por onde passa um ar fresco com cheiro de jasmim. Tô ou não tô apaixonada?

11.

Jalecos brancos, estetoscópios pendurados no pescoço, lá vai metade da turma seguindo o grande professor em visita ao hospital.

"Agora vocês vão aprender a fazer uma anamnese. Uma anamnese bem-feita é meio caminho andado, lembrem sempre disso."

Os alunos se entreolham. Felipe, o mais palhaço da turma, faz uma careta pelas costas do mestre e todos entram na enfermaria. Vinte leitos lado a lado, lençóis puídos, algumas mulheres dormindo, outras com olhar perdigueiro. O professor chega perto de uma delas, pergunta seu nome, pede que os alunos fiquem em volta e façam anotações. As perguntas não param, e a paciente responde a tudo contando detalhes de sua vida e das doenças que teve.

— Não consegui fazer a tomografia nem a ultrassonografia que o outro doutor pediu porque os aparelhos estavam quebrados — disse no final.

Depois dessa paciente, outras três foram abordadas e a visita chegou ao fim. Voltaram todos para a faculdade e, em grupo, comentaram as anotações feitas. Lúcia, no mesmo grupo de Daniel, não se conteve:

— Acho que esse hospital é uma grande ferida supurada.

Ele segurou sua mão, deu um beijo e sussurrou:

— Depois das eleições o Brasil será um outro país, você vai ver.

Márcio ouviu e não deixou por menos:

— Se o Serra ganhar vai mesmo, mas se for o seu candidato, daí é ladeira abaixo.

Foi o estopim para o início de uma grande discussão envolvendo números, cifras, promessas de campanha de ambos os partidos, e muitos palavrões. A situação só se acalmou quando Marcelo, do alto dos seus quase dois metros de altura, assumiu ares de chefe e gritou:

— Chega dessas brigas políticas! Se vocês tem pesetas, marcos alemães ou escudos portugueses em casa, saibam que ficaram pobres, o importante de agora em diante é ter euros, já são doze países dentro dessa parada.

Todos riram, a fome bateu forte e o grupo saiu em direção ao bandejão.

Irene os esperava aflita. Contou que seu grupo tinha ido para a enfermaria masculina e lá os homens se mostravam por inteiro sem qualquer vergonha dela e de Ivany, as duas garotas do grupo.

— Faziam de propósito pra nos escandalizar! E os nossos colegas, muito engraçadinhos, ainda resolveram contar piadas idiotas. E sabem o que o professor disse? Nada! Fingiu que não viu nem ouviu. Eu? Também não fiz nada, fiquei ali bestando! São todos uns machistas! Este país é um grande criadouro de machistas, não tem jeito!

O cheiro do feijão levou a discussão para longe e todos resolveram ir se servir.

No período da tarde voltaram para a sala, tiveram duas horas de aula expositiva e, em seguida, assistiram a um vídeo sobre anatomia dos diversos segmentos do tubo digestivo.

Daniel morava em Ipanema e já estava acostumado a dar carona no fim do dia para os colegas, deixando-os em casa pelo caminho. Agora reservava sempre dois lugares, um para Irene e outro para Lúcia, as duas amigas inseparáveis. Foi nesse trajeto que o assunto da morte de Júlio voltou à tona e ele contou que sua família também era judia. Lúcia fez algumas perguntas, e Daniel disse que não seguia religião alguma, mas os pais eram praticantes; iam à sinagoga com frequência e reuniam-se às sextas-feiras para o Shabat, o jantar que marca o início do dia do descanso e quando se faz uma reflexão diante de Deus, como ele explicou. A garota ouviu com extrema atenção e, talvez por isso, ou porque o tio andasse olhando meio de lado para ela, insistindo na continuação da leitura, assim que entrou no seu quarto e afagou Vida, ela se deitou na cama e pegou o tal livro.

Foi interrompida pelo telefonema da mãe:

"Alô, mãinha? Que bom ouvir a voz da senhora. Aqui? Quase dez da noite. Eu também, muita saudade. Tá tudo certo, tô muito bem. Tá dando sim! Tudo é muito caro, mas eu sei fazer economia e por isso tá dando. Podem ficar tranquilos. Não tô passando fome, não. Almoço todos os dias na faculdade. Lá é bem barato e a comida é boa. Não tão boa como a daí, não, mãinha, mas dá pra encher o bucho, como painho gosta de dizer. E a loja? Aqui todas as lojas têm computador, fazem controle do que entra e sai, sabem tudo que tá no estoque, vocês deviam se modernizar um pouco. Eu sei, mas um dia vai ter que fazer. Os tios vão bem, eu vejo pouco eles. Tia Clarice é mais quieta, tem um amargo de moça velha, coitada. Tio Abraão? Adora falar e se anima com tudo. São cheios de chamegos comigo. É, parece que os dois se querem bem. De noitinha, às vezes eles pegam duas cadeiras que ficam guardadas no armário da cozinha e vão pra praia ver o pôr do sol. Não é? Também acho! Tão bonito isso! Eu sei, sou agradecida, não dou preocupação nenhuma nem reclamo de nada. Estou sendo educada, sim, a senhora me educou bem. Outro dia sonhei que ainda tava aí e acordei sentindo o cheiro de carnaúba. Sim, das dunas, de nossa casa, dos cupinzais, da comida. Fiquei com esse cheiro no nariz quase o dia todo. Foi bom demais, mãinha! Entendi! Tá bom! Melhor agora desligar senão a conta vai ficar cara. Tá bom, mãinha! Outro pra senhora e dê um cheiro em painho também. Tá bom! Me cuido! Me cuido!"

12.

O dia amanheceu molhado e Lúcia se deu conta de que não tinha um guarda-chuva. O tio entrou na cozinha e ofereceu o da tia, cheio de flores. Ficou feliz quando a garota contou que voltara a ler o livro dos marranos e ele então aproveitou, pegou correndo o seu exemplar em cima da escrivaninha e leu para ela alguns parágrafos que achava muito importantes:

> Quando foram fundadas Olinda, Recife e Salvador, os marranos já estavam contribuindo com número avultado. Os visitadores da Inquisição vinham da Metrópole para essas cidadezinhas recém-fundadas no Brasil e aqui conseguiam as "confissões" que buscavam: se jogam fora a água dos recipientes no dia em que se verifica algum falecimento na casa; mudam de roupa às vésperas dos sábados; não comem carne de porco, degolam os animais para a ali-

mentação, deixam velas acesas nas sextas-feiras, é porque estão praticando o judaísmo dentro de casa.

As razões alegadas aos portugueses para tudo isso eram várias: higiene, tradição, boa sorte, hábitos que nada tinham a ver com o judaísmo. Mas os inquisidores não se deixavam iludir.

Lúcia já estava muito aflita percebendo que chegaria atrasada, mas o tio, sem se dar conta disso, ainda aproveitou para esclarecer alguns pontos e encerrou com a seguinte frase:

— Você me parece uma garota de pouca fé, mas de uma coisa eu tenho certeza, você é filha de mãe judia, portanto é judia. É verdade que estão afastadas há muito tempo das nossas raízes e tradições, e isso é um problema, pois o que assegura a alguém ser judeu não é só ser filho de ventre judaico, é também festejar nossas raízes e tradições.

Lúcia não entendeu bem o que o tio quis dizer com essa falação, mas ficou com um pedaço de frase martelando sua cabeça: "e isso é um problema...". Problema para quem?, ela quis perguntar. Não teve coragem nem tempo, apenas lambeu o anel, agradeceu pelo guarda-chuva e saiu.

A tia, que escutara a conversa, foi direto ao assunto:

— Abraão, você não acha que está pressionando demais essa menina? Ela nem é nossa parente, estamos fazendo um favor recebendo-a em nossa casa! É verdade que já fizemos a mesma coisa antes, mas com os outros dois jovens você não ficou pedindo para lerem isso ou aquilo e batendo nessa tecla do judaísmo. Não sei por que resolveu fazer isso agora.

— Você não sabe mas eu sei, minha querida. Ao contrário dos outros, ela é judia, tenho certeza e sinto que é meu dever orientá-la sobre isso. Se ela quiser ignorar o fato é problema dela, mas eu não vou me omitir. Deus não vai poder me incriminar como omisso.

— Deus? Desde quando você anda se preocupando com ele? Isso para mim é novidade.

— Acho que estou ficando velho, os velhos sempre se preocupam com Deus.

— Ainda bem que estamos ficando velhos juntos, até a Vida está envelhecendo, reparou que ela já tem alguns pelos brancos? — disse a mulher botando água no fogo para o café.

13.

Lúcia saiu muito atrasada e não encontrou nem Irene nem qualquer outro colega no ônibus. Entrou correndo na sala, e Daniel já estava sentado. Deu um sorrisinho para ela e fez menção de se levantar para achar dois lugares juntos, mas o professor chegou e Lúcia se acomodou como pôde no fundo. Irene conversava animadamente com Márcio, mas quando sentiram o olhar do mestre ambos se calaram.

No final de uma longa explicação sobre os hemisférios cerebrais, o professor fez uma pausa, olhou para a turma e disparou:

— Vejo muitas moças nessa classe, quase a metade. Parabéns, vocês com certeza são estudiosas e esforçadas, caso contrário não teriam conseguido passar nesse vestibular tão concorrido. Mas eu preciso alertá-las de uma coisa e não me importo de ser chamado de machista ou qualquer outro adjetivo da moda. Eu sou realista e falo o que tenho observado nesses meus quase trinta anos de cátedra. Se quiserem ser neurologistas podem ir abrindo mão da maternidade. A neurologia exige muitas horas de trabalho por dia e uma mãe não pode se dar a esse luxo, se é que podemos chamar nosso trabalho de luxo.

Um certo zum-zum-zum ecoou pela sala, ele deu uma risadinha e concluiu:

— Vocês podem não gostar, mas a boa neurologia e a maternidade são incompatíveis.

Disse essa frase, pegou suas coisas em cima da mesa e saiu.

Na hora do almoço o assunto entre as garotas não podia ser outro. Estavam revoltadas.

— Não passa de um machista reacionário! Em que século ele vive?

— Se na melhor faculdade de medicina do país somos obrigadas a ouvir isso, imagine nas outras!

— Infelizmente esse ainda é o pensamento da maioria dos homens brasileiros!

Alguns colegas se solidarizaram com elas e engrossaram um coro de "abaixo os machistas!". Irene não perdeu a chance, falou do imenso número de mulheres que sustentam sozinhas suas famílias, lembrou da dupla ou tripla jornada de trabalho que elas encaram e gritou:

— Eu sonho um dia poder votar em uma mulher pra presidente! Precisamos ter uma mulher mandando neste país!

Nesse momento foi ovacionada por uns e vaiada por outros. O clima, que começou hostil, passou a festivo, com muitos falando alto, dando opiniões, rindo e, depois, sentindo a moleza característica do pós-almoço, procurando um lugar confortável para se esticar até o início da aula da tarde.

E a aula começou com uma afirmação que, dessa vez, desagradou tanto as moças quanto os rapazes de origem nordestina.

— Dizem que, nas pequenas cidades do Nordeste do nosso país, quando uma pessoa morre leva sempre mais algumas junto, que é para não se sentir sozinho na caminhada. Mas isso não se chama companheirismo entre compadres, isso se chama contágio e, quando leva muitos, chama-se epidemia. Hoje vamos falar sobre esse assunto, mas antes vocês assistirão a um filme de trinta minutos.

— Mais um tapa na cara que levo hoje — Irene falou baixinho para quem estava em volta dela. — Ser nordestino neste Rio de Janeiro é ouvir esse tipo de coisa dia sim, dia não!

— É bem isso — disse Lúcia ao seu lado. — Aqui, quando o cara é xucro dizem que é um paraíba. Preconceito no mais alto grau! E falam isso sem vergonha alguma — reiterou.

As luzes foram apagadas, as cortinas fechadas e começou a projeção.

Na volta, no carro de Daniel, Irene lembrou que era sexta-feira e declarou que todos mereciam um bom chope. Foi aplaudida pelos quatro e pararam em Botafogo, num simpático bar onde ficaram quase até a meia-noite. Depois de entregar cada um na sua casa, Lúcia e o namorado foram para um pequeno motel onde passaram a noite.

Nesse fim de semana não se desgrudaram mais. Pegaram uma praia, apesar do céu nublado, caminharam no calçadão, comeram em um boteco, foram ao shopping e estudaram juntos na casa de Daniel o domingo todo. Ela já conhecia o apartamento onde ele morava, mas dessa vez tudo lhe pareceu diferente. Logo na entrada do prédio um portão enorme com dourados no alto; no saguão do elevador ela reparou nos dois sofás e nas quatro poltronas de cor indefinida rodeando uma enorme mesa de mármore por cima de um tapete volumoso. Sentiu-se pequena, um mísero botão no sobretudo do estrangeiro. Subiram, e Daniel apresentou-lhe seus pais.

14.

A segunda-feira foi puxada, e Lúcia comentou com Irene:

— Estranho, aqui tenho sempre a garganta seca e a água não me hidrata.

— Isso tem um nome — falou a amiga. — Chama-se ansiedade.

— Acho que é vontade de deitar numa rede e me aquietar. Nesta cidade maravilhosa parece que estou em cima de uma cama de espinhos, não sabe? Só quando junto de Daniel sinto um pouco de paz. Se a gente discute ele sempre acaba me fazendo rir. Nessas horas ele segura minha mão e diz que está segurando um beija-flor com asas inquietas. Não é lindo?

— Babaca pra caramba, é isso o que eu acho, se é que você quer saber a minha opinião de verdade. Aliás, não sei o que você viu nele, eu passaria reto.

Não era a primeira vez que a amiga respondia de forma ríspida quando Lúcia se referia ao namorado. "Ela tem ciúmes da nossa relação", ele dizia. "E tem também um tipo de bom humor que está sempre pronto a virar o oposto."

Lúcia sabia que Daniel tinha razão, mas ainda assim gostava muito da amiga, era a única com quem conversava abertamente, falava da família, dos tios e de suas inquietações. "Ela é um pouco deslumbrada com coisas impossíveis, isso eu concordo, mas é gente boa", retrucava.

O professor, encurvado, falava manso:

— O corpo é como um instrumento musical muito delicado: um violino, um oboé, um piano, uma flauta. Mas saibam que, tenham a forma que tiverem, é preciso afiná-los com muito cuidado para que produzam bons sons. E para isso existem muitos recursos, uns eficientes, outros não tanto, e há ainda os que são pura balela, pura enganação. Vocês deverão saber escolher os caminhos certos afastando-se das tentações fúteis, talvez rendosas, insufladoras de egos.

Os alunos comentavam a boca pequena:

— Ele parece um padre querendo arrebanhar as ovelhas.

— Está mais interessado em ensinar ética do que qualquer outra coisa.

— Deve estar pensando na aposentadoria dele, coitado!

— Parece que está aqui há mais de trinta anos, já deu, né?!

— De que vale o homem, seus negócios, suas guerras — continuava o professor — se a morte está à sua frente e tem o poder de colocar todas as coisas nos seus devidos lugares? A morte só ilumina o essencial, não ilumina carros, viagens, mansões. Mas vocês estarão lá ao lado do homem moribundo, oferecendo-lhe não só remédios e equipamentos, mas também conforto, apoio, compreensão. É disso que se faz um verdadeiro tratamento e um verdadeiro médico, é bom que saibam! Ou então desistam! E para os que não desistirem eu ainda dou mais um conselho: Aprendam a conviver com a impotência! Vocês serão chamados para duelar com a morte, mas serão sempre inferiores a ela, saibam disso!

Depois desse falatório, a turma foi contemplada com uma apresentação de quarenta minutos em power point. Ao saírem da sala, ficaram sabendo que a sede da prefeitura fora atingida por mais de duzentos tiros. Uma granada também fora arremessada e acabou sendo detonada pelo esquadrão antibomba. Segundo a polícia, o traficante Gan Gan era o principal suspeito.

Excitados com a notícia, algumas rodinhas se formaram e as opiniões expressadas variavam: uns defendiam a pena de morte para traficantes, outros cobravam mais firmeza dos políticos. Márcio e Daniel falavam que a desigualdade de renda era a grande responsável pela violência do país, mas Marcelo, com sua opulência, dizia que ali mesmo na faculdade, onde todos eram ricos ou quase, havia muito consumo de drogas. Irene, fazendo gestos afirmativos com a cabeça, contou que, junto com Lúcia, já mais de uma vez haviam sido abordadas no ônibus, e imitou:

— Vai maconha, aí? Tenho pó também, ó a beleza!

Lúcia concordou com a amiga e esta lembrou que as mulheres nunca eram traficantes. Foi contrariada no ato por Felipe que a convidou a ir com ele até um morro, não muito longe dali, onde uma mulher de quarenta anos era quem coordenava todas as ações do tráfico local.

As opiniões transbordaram rapidamente para a política partidária e novamente ecoaram os pró--Lula, pró-Ciro, pró-Serra.

Felipe dominou a discussão aos berros dizendo que o mais importante de tudo era o Brasil quase na reta final para a conquista do quinto título da Copa.

— Falta só derrotar os turcos e o alemães! — urrou. — Yokohama nos espera! O Japão será nosso!

Foi aclamado por todos, dessa vez ninguém contra. E se dispersaram cantando o hino da copa e gritando: É penta! É penta! É Felipão! É nossa!

Assim transcorreu o dia 24 de junho de 2002 para aquela turma da faculdade de medicina do Fundão.

26 de junho — A família dele

Mana querida, imagina um homem grande, dois metros de altura, forte, com um bigodão, olhos ainda mais verdes que os de Daniel. Esse é o pai dele. A mãe também é alta, muito arrumada, tem um nariz fino parecendo uma navalha e fala com uma certeza na voz que engoliu a minha. Verdade, fiquei muda, com cara de quem viu assombração. Ela não parava de perguntar e eu só no sim, não, é, não sei. Queria que alguém entrasse nessa hora dentro de minha cabeça e falasse coisas inteligentes, mas como isso não aconteceu me senti uma gabiru na frente deles, sabia? Sorte que o irmão me puxou pra mostrar umas fotos da praia onde eles têm uma casa de veraneio. Ele me salvou! Mas durou pouco porque resolveram que eu devia ficar pra merendar. Daniel percebeu minha agonia e me acarinhou o tempo todo. Estava tão feliz de me apresentar os pais que a alegria dele iluminava a sala inteira. Eu, de camiseta e saia jeans, era uma molambenta naquele lugar tão cheio de lustres e mesas de vidro. De repente, lembrei de Irene, respirei fundo, disse a mim mesma, você é forte! E tentei parecer forte. Não sei se consegui, mas acho que tô melhorando, mana! Eles me trataram muito bem e na saída disseram que eu era simpática. Falaram também que Daniel contou de minhas notas e que eram as melhores da sala. Foi isso o que eles disseram e eu gostei. É verdade, sabia? Tirei notas ótimas, mas nem dormi na época de provas. Foi por isso que não escrevi pra você todo esse tempo, apesar da saudade. Agora eu sei bem o que significa essa palavra.

Macau, 2008

15.

— Daniel? Você aqui?

— A vida me puxou pra cá. Eu precisava te ver de novo.

— Por que não me avisou que vinha?

— Eu bem que tentei, mas você não atende meus telefonemas. E foi uma luta convencer a recepcionista a me deixar entrar, tive que provar que sou médico. Então é aqui neste posto de saúde que você se esconde?

— Sim, aqui! Eu poderia ter arranjado emprego em um hospital de lá, poderia ter virado monja budista, poeta, tantas coisas... Mas resolvi voltar. Aqui nessa mesa de metal descascada, nesse sofá de plástico, com toda essa gente fora da sala me esperando, eu me sinto em casa, com meu povo, seu jeito de falar, seus cheiros. Aqui é o meu lugar.

Tinha muito mais ali na sua garganta pronto para explodir, mas Lúcia engoliu as palavras e entalou. Viu o rosto dele, a barba crescida já azulando e disfarçou a voz que estremecia.

Ele passou a mão nos cabelos, coçou os olhos, ergueu as sobrancelhas e a encarou.

— Tenho sonhado! Muito!

— Sonhado? Com quê?

— Com a gente, com você sorrindo pra mim, com o Chico, os Beatles, Zé Ramalho, com todas as músicas que ouvíamos juntos, todos os anos que passamos lá no Fundão, com nossos planos, nossa alegria.

— Nossa alegria? E todos os poemas de Augusto dos Anjos que li chorando? E o barulho agastado de minhas tentativas de gritar?

— Eu não aguento mais pensar em você. Penso quando estou dormindo, comendo, quando estou trabalhando, estudando, treinando, você está sempre comigo. Eu não vim aqui pra te machucar, vim pra não te perder. Quero te levar de volta.

Ao ouvir isso seu coração começou a bater tão forte que ela ficou com medo que ele percebesse o movimento por baixo do jaleco. Evitou olhá-lo nos olhos, pousou as mãos sobre a mesa e, quando ia começar a falar, a recepcionista abriu a porta:

— Doutora, tem uma mulher aqui passando mal, a senhora pode vê-la?

Lúcia saiu da sala, e Daniel ficou encarando aquelas paredes manchadas, o vitrô pequeno, a porta do banheiro anexo à sala. Exibiu um discreto sorriso carregado de compaixão.

Ela demorou a voltar.

— Nada grave, mas aqui é sempre uma batalha desarvorada, aparece de tudo; dedo cortado com faca, galo na testa, hipertensão, cólica renal, apendicite, e eu vou atendendo. Quando dá, resolvo, quando não dá, mando pro hospital — Lúcia disse isso num rompante e continuou: — É vida de faz tudo, vida de clínico geral. Mas o que eu gosto mesmo é de atender as crianças e os adolescentes; com eles eu me divirto muito. E aprendo tantas coisas...

Ela nem se deu conta de que falava sem parar:

— Um dia chegou um garoto aqui, alto, mais de um metro e oitenta, fala mansa, muito tímido, e me contou baixinho que gostava de meninos e o pai não sabia. Tinha dores de cabeça fortíssimas e ele mesmo diagnosticou que era de tensão, não conseguia ir pra escola e nem ajudar o pai no sítio, era só dor na cabeça e mais nada. Pediu que eu falasse com o pai e explicasse a situação, já que ele mesmo não tinha coragem. Avalie você o tamanho da encrenca! Mas eu vou levando e me sinto bem aqui, sei que sou útil apesar de tantas faltas.

Daniel a interrompeu, tentando atrair sua atenção para o momento, para o que ele tinha ido fazer ali.

— E a minha falta, você não sente?

Ela ficou muda. Daniel aproveitou que ela estava de pé, chegou perto e a abraçou com o corpo todo.

— Quero ficar com você — ele disse quase num sussurro. — Passar todos os dias assim, sentindo a sua pele grudada na minha.

As palavras dele a atingiram bem no rosto e ela teve de fazer um esforço enorme para não chorar. Revidou:

— Dan, o tempo passou. Você acha que basta reaparecer assim, do nada? Depois de nossa formatura achei que tudo daria certo, mas quando seu pai morreu e você decidiu que seria o guardião da família, as regras do jogo ficaram claras pra mim; eu teria que me transformar em outra pessoa.

Nessa hora um choro alto cheio de soluços não deixou que ela continuasse. Ele a envolveu no seu corpo e enxugou suas lágrimas com as mãos, falando sem parar.

— Você não merece sofrer, eu fui um egoísta, só pensei em mim, exigi demais, mas tudo agora vai dar certo, nós vamos ser felizes, preciso ter uma nova chance, NÓS precisamos ter uma nova chance, eu não consigo mais viver sem você, sem seu corpo, suas sardas, seu jeito nordestininho de falar, de me pedir silêncio colocando a mão nos meus lábios.

— Não fale assim comigo. Você não conhece isto aqui. Este é o meu lugar. E a saudade não vai remediar o que aconteceu.

— Lúcia, você me fez ver a vida pelo avesso e agora eu quero ficar sempre grudado. Nada mais faz sentido se você não estiver perto e eu não quero desistir da vida, quero que a gente volte a ficar juntos, volta comigo, vamos viver felizes e em paz, eu te garanto.

Um pouco mais calma, ela agora soluçava baixinho, porém não conseguia retomar a fala de antes, nem se desvencilhar do corpo dele. Um som metálico parecendo o de uma serra elétrica entrava por todas as frestas junto com uma fumaça vindo não se sabe de onde.

Ele a acariciava no rosto, nos cabelos, até que surgiu uma voz pastosa:

— Eu tentei, você sabe o quanto tentei, cheguei a ser feliz pensando que eu era uma judia desgarrada que poderia retomar minhas raízes, conversar com tia Rosa, que é quem sabe tudo dos antigos de nossa família. Lembra que eu te contei que ela tinha uma mezuzá na porta e gostava de dizer que era pra dar sorte? Fizemos muitos planos, Dan, mas foi demais pra mim. Não era pra ser! Alguém já disse que nada no mundo é capaz de aquietar um amor interrompido. Eu sinto isso em todos os meus poros e hoje sei que o amor sangra. Eu ainda estou sangrando, Dan, mas aqui pelo menos tenho paz, acabaram-se as guerras dentro de mim, aqui posso ser eu outra vez, posso me tornar aquilo que desde que Malu morreu eu sabia que era meu destino. A verdade é que o sol e esse vento cheio de sal se esfregando na minha pele trazem um gosto de vida que nunca tive no Rio de Janeiro.

— Tem um café por perto, você pode dar uma saidinha?

E saíram os dois pela rua, uma rua com movimento de carros, caminhões e muito barulho. Não era mais do que um boteco, mas havia umas mesinhas e eles se sentaram ali. Entrava uma brisa boa e o céu num azul intenso se misturava com os blocos grossos de nuvens. Daniel tomou as mãos dela e também a palavra. Antes mordeu o lábio, coisa que ela nunca tinha visto ele fazer.

— Não consigo ser silencioso como você sempre disse que eu deveria ser. Sou barulhento, minha boca é cheia de palavras, talvez por isso mesmo é que eu não consiga mais viver sem a sua quietude. Eu sei que você tentou, fez sacrifícios, fui um idiota, não percebi o quanto estava te magoando, preciso que você me perdoe, que volte comigo, não consigo mais conviver com esse buraco. Foram quase seis anos juntos, você não sente saudade?

— O café está pelando, cuidado! — disse o moço do bar. — Querem mais alguma coisa? Uma tapioca com coco? Um refresco de graviola? Cajá? Queijo de coalho? É só pedir que eu trago rapidinho.

— Saudade, Dan? Fiz mais de cinquenta poemas quando cheguei, todos falando de saudade. Eu ainda não me conformava, mas sabia que a melhor solução era a gente se separar. Eu chorava muito e mãinha e painho não sabiam o que fazer. Demorei dias e dias pra dar acordo de mim, mas agora já passou e vou levando. Vou levando um dia de cada vez, o tempo faz seu trabalho, é clichê, eu sei, mas é assim que a coisa anda. Eu agora tenho minha vida aqui, sem você, Dan.

— Mas não precisa ser assim, a gente pode fazer diferente, agora eu sei o quanto você me faz falta, não aguento mais ficar longe. Preciso de você mais do que de mim.

Enquanto falava ele puxava o rosto dela por cima da mesa com as duas mãos querendo beijá-

-la, engoli-la toda. E assim mais perto, ela sentiu de novo aquele hálito, o cheiro de jasmim que era tão dele. Quase sucumbiu, quase se levantou para beijar aquela boca mais uma vez. Sentiu as orelhas pegando fogo, o corpo todo em desejo, respirou fundo e disse a si mesma, você consegue, você é forte, e afastou o seu rosto.

Dava para ouvir o barulho do vento e das ondas se quebrando no mar. Estavam a duas quadras da praia e o ar, apesar do movimento dos carros, era cheio de sal.

— Já no avião comecei a chorar de saudade. Tinha certeza que ia sentir falta desse seu cheiro, saudade de sua pele, de seu olhar que eu imaginei nunca mais ver. Mas você chegou e eu te olho de novo. Não tivemos culpa, tinha de ser assim. Por que você veio? Pra que começar tudo outra vez? Nosso amor foi desarrumado e não tem mais jeito de consertar. Uma vida tem tantas vidas! A minha agora é essa, com as crianças na sala de espera, seus ranhos no nariz, barrigas inchadas, mães aflitas. Eu precisava de paz.

— Eu posso te dar a maior paz de todas, acredita, volta comigo e tira a prova, eu fui arrogante, não percebi o que estava acontecendo, me dá uma segunda chance.

— Não é uma questão de chance! Outro dia

ainda pensei que as crianças intuem a verdade sem que ninguém precise explicar. Quando Marquinhos, com apenas seis anos, olhou pra mim e disse "você não vai ser minha tia porque você não é judia", eu soube que aquilo era sério. Quando entrei em sua casa pela primeira vez achei tudo tão bonito e fiquei pensando como seria bom viver como vocês, mas nas salas de sua casa os espaços vazios tão cheios de luxo eram o contrário de minha casa aqui, tão lotada de enfeites, de bonecos de barro, jarros, chapéus de palha. Só agora, Dan, aos poucos, vou me dando conta de como eu andava acuada naquele Rio de Janeiro. Lá eu tinha a sensação de ter vivido em uma caverna e estava me arrastando e pondo a cabeça num outro mundo completamente desconhecido. Hoje sei que não era o mundo que eu quero. Dan, entenda. Tive, sim, tanta saudade de seu corpo, sua presença está tatuada em mim, mas eu precisava voltar.

Nessa hora ele se levantou, foi até o outro lado da mesa, puxou-a pela cintura para que ela também se levantasse e abraçou-a com força falando no seu ouvido: "Volta comigo, eu imploro, não sei viver sem você!".

— Se resolverem casar eu quero apadrinhar, hein? Já apadrinhei um casal que começou o namoro aqui — disse o moço. — E dou sorte, eles estão há vinte anos juntos. Acho que é a brisa que sopra deste lado que deixa todo mundo apaixonado. Vocês são noivos?

— Não, mas vamos casar logo — Daniel respondeu.

Lúcia olhou com cara de reprovação, e ele soltou-a do abraço dando uma piscada marota como sempre fazia quando queria que ela relaxasse. Ela lambeu o anel — ainda mantinha esse tique — e o homem saiu com xícaras, copos e pratos nas mãos. Daniel continuou:

— Na vinda pra cá eu pensei na última vez que fomos até Búzios. Com a turma toda, lembra? Tomamos umas cervejas, eu já meio alto contava do meu plano de abrir uma clínica popular, Irene dizia que ia ser minha sócia, ela e o Felipe apaixonados, você toda linda com aquela sua canga azul por cima do biquíni, ventava muito e eu te beijava o tempo todo. Você continha meus avanços dizendo que o povo do bar estava nos olhando, mas nós estávamos felizes, tínhamos certeza que o futuro seria bom e que a gente merecia tudo. Eu estava lendo *Dois irmãos*, você encantada com os últimos poemas do Drummond, comparando ele com o seu querido Augusto dos Anjos. Onde foi parar toda aquela nossa felicidade? Depois disso Irene teve aquele câncer horrível, Márcio pirou, e você foi embora. Às vezes sinto que todos vocês me abandonaram, encontraram um jeito de me deixar sozinho. Na volta, lembro que paramos pra olhar o mar, fizemos planos de ter três filhos, correr o mundo com eles e colecionar penas dos pássaros de todos os países do nosso caminho. Pra onde foi tudo isso, Lu? Pra onde esses nossos sonhos?

Ela tinha vontade de acariciá-lo, dizer como era bom ficar com ele, como ele era bonito, dizer como ela ainda estava acorrentada, mas conseguiu falar apenas: — Não sei onde foi parar esse meu livro do Drummond.

E sentou-se novamente. Daniel continuou:

— Nesses meses tentei ler tudo o que você gostava. Fui de García Lorca a Fernando Pessoa passando por todos os heterônimos, era um jeito de te ter por perto. Funcionou por um tempo, mas eu precisava mais, por isso vim.

De onde estavam, viram uma mulher grávida atravessando a rua, e ele coçou os olhos.

— Tantas vezes imaginei você assim de barrigão, nós dois tentando ouvir o coração do bebê, depois indo levar ele já crescido pra praia, tomar um coco, um sorvete.

— Nossos sonhos foram enterrados, Dan. Estão em algum lugar junto com todas aquelas pessoas que vimos morrer pelos corredores dos hospitais. O tal rabino da sinagoga onde você me levou foi muito claro. Poderíamos ter amor, felicidade, a maior felicidade do mundo, mas eu tinha que cumprir tudo aquilo. Eu não conseguiria, eu não sou uma Ruth. E o rabino percebeu, tanto que falou pra eu desistir da conversão. Lembra disso? Eu seria sempre uma gói, seus filhos seriam góis e sua família jamais aceitaria. Nem você! Você já tinha me pedido, já tinha falado que queria ter filhos judeus, saídos do ventre de uma mulher judia. E eu estava de acordo, na verdade até muito feliz, mas quando o pedido virou uma ameaça do tipo ou é assim ou nada feito, daí...

Ele a interrompeu tapando sua boca e num lamento repetia:

— Não, por favor, pare, não consigo aguentar tanta culpa, vou pedir perdão a vida toda pelo tanto que fiz você sofrer, já disse, fui um idiota, mas mereço um perdão, volta comigo pro Rio.

— Naquela noite entrei no apartamento tremendo, ainda ouvindo tudo o que você tinha dito minutos antes. Por sorte Irene não estava lá quando me atirei na cama e gritei pedindo socorro pra alguém que nem eu mesma sabia quem poderia ser. Era angústia, arrependimento, desespero, tudo misturado. Foram dias horríveis fugindo de você até que tudo aconteceu e tomei a decisão. Parece que aquelas semanas foram planejadas pelos demônios.

Outras duas pessoas entraram no bar e foram se sentar mais ao fundo, onde tinha uma TV ligada e passava um jogo de futebol. De vez em quando olhavam de rabo de olho para eles — ela de jaleco branco, ele com uma camisa polo, falando baixinho, namorando em plena luz do dia naquele lugar feio. "Por que não foram pra praia, não se sentaram num quiosque pra tomar umas cervejas vendo as ondas?" Lúcia se deu conta de que estavam sendo observados e comentou com Daniel:

— Estão falando de nós.

— Percebi, devem achar que estamos planejando a compra do nosso apartamento, a nossa viagem de lua de mel, a sua mudança de volta pro Rio, devem estar falando tudo isso.

— Pois eu acho que eles estão dizendo outras coisas. Como se fossem dois bons adivinhos, estão vendo em bolas de cristal que nossas vidas vão tomar rumos diferentes: você vai virar um médico de sucesso, vai atender gente poderosa, vai casar em uma sinagoga bonita, levar seus filhos pra Disney. E eu vou ficar aqui, cuidando de minha gente, de mãinha, painho, lendo meus poemas, nós dois felizes, cada um de seu jeito.

O moço chegou perto novamente, dessa vez trazendo os sucos e os queijos que haviam pedido.

— Este coalho é o melhor da cidade, mas é bom comer enquanto está quente — disse. — Minha mãe é quem faz, aposto que vocês nunca comeram um tão bom. E vão querer mais, tenho certeza!

Lúcia se serviu de um pedaço da parte mais tostada e deu o restante para Daniel.

Comeram em silêncio, até que ele resolveu mudar o rumo da conversa.

— Adivinha quem eu encontrei faz uns dez dias?

— Nem imagino.

— Seus tios, na orla da praia, e a Vida andando com eles.

O rosto dela se iluminou.

— São muito queridos, eram tão carinhosos comigo. E aquela cachorra linda, minha amigona, tenho tanta saudade dela. Quase não me despedi deles, fiquei devendo uma visita e as explicações que eles me pediam e eu não conseguia dar. Imaginei algumas vezes nós dois mais velhos, também andando de mãos dadas nos finais de tarde. Como você vê, eu nem queria muito. De verdade, eu nunca fui de querer muita coisa, sabia? Lembro que quando era criança minha mãe às vezes me levava até uma papelaria que tinha perto de nossa casa e eu via todos aqueles cadernos, aqueles papéis coloridos e ficava feliz. Mas o que eu mais gostava, era das histórias que ouvia lá. O dono da papelaria era um árabe simpático que gostava de conversar e atendia a todos que chegavam com o seu sotaque e uma pergunta: "quais os novidades do hoje?". As freguesas, todas mulheres, contavam de parentes que tinham acabado de morrer, de filha abandonada pelo marido, de doenças sem cura... Tudo isso me encantava porque eram histórias de mundo adulto, proibidas para uma criança como eu. Minha mãe me mandava olhar os blocos de desenhar e eu fingia interesse neles, mas não desgrudava os ouvidos das conversas. Naquela época eu imaginava que nada daquilo aconteceria comigo ou com minha família. Nós éramos uma outra coisa e um futuro sem tristeza ou dramas era o que estava destinado a mim. Mas de uma hora pra outra todas aquelas histórias começaram a fazer rimas comigo.

Ele tentou voltar a falar dos tios e da cachorra, mas ela o interrompeu. Tentou beijá-la de novo, mas ela se esquivou e foi em frente:

— Toda vida tem uma quebra, às vezes mais de uma. A perda de Malu, a tristeza de deixar você, a morte de Irene, quantas mais vou ter? Depois que fomos morar juntas, naquele apartamento tão pequeno, as camas quase grudadas, eu ouvia os seus sonhos. Irene sonhava em voz alta, e eu acordava num susto. A voz era abafada, acho que porque vinha de sonho e não da garganta. Ela dizia que eram sonhos bons, mas talvez já intuísse que eles nunca virariam realidade. Eu sempre fui de ter poucos sonhos, mas acho que esses poucos ultimamente foram todos com você. Você aqui em Macau, como naquelas férias em que veio pela primeira vez, você ouvindo as histórias contadas por painho, declamando poemas junto com mãinha, indo comigo à feira, às salinas, à praia de Diogo Lopes. Sempre sonhei com você aqui e nunca com nós dois juntos lá no Rio. Acho que eu também intuía que aquela realidade nunca seria a minha. Quando você decidiu assumir o papel de seu pai dentro da família, a ficha caiu.

Com quase um metro e oitenta e sentado naquela cadeira baixa, o corpo de Daniel parecia o tempo todo querer mudar de posição sem encontrar um descanso.

— Sou o grande culpado, é isso?

— Ninguém é culpado de nada, mas você sempre viveu numa bolha, dentro de um condomínio, com amigos também da bolha, coberto de roupa boa, de dinheiro, falando como fala a elite, passando férias fora do país, e tudo o mais. Já eu, estudei em escola pública, vivi aqui em Macau brincando com a garotada pobre nas salinas, nunca fui à Disney ou à Europa, falo meu nordestininho, como você sempre repete, e cedo aprendi a limpar uma casa, passar roupa, cozinhar, lavar louça, enfim, aprendi a cuidar de mim. Talvez por isso, lá na faculdade, eu sentia que pertencia sem pertencer, e em sua casa, com os seus pais, que até eram simpáticos comigo, sempre me achei uma estranha no ninho. Naqueles almoços, jantares, nos shabats então nem se fala. E a sua mãe dizendo que quando casássemos eu é que acenderia as velas, arrumaria a mesa, serviria a comida kosher. Tudo aquilo parecia tão mágico e tão distante de mim, mas eu te amava, você também me amava e isso era suficiente para tornar tudo possível. Não foi!

Ele ouvia em silêncio, mas estalava os dedos um a um e seus olhos foram se cobrindo de um sereno brilhante, até que despejou:

— Você nunca me disse que se sentia assim, e eu agora estou me achando um morcego que te mordeu com dentes envenenados.

Ela o encara. Vem um silêncio longo. Nenhum dos dois tem coragem de dizer qualquer coisa. Ele se agita, cruza as pernas, respira alto, passa a mão nos cabelos, estala novamente as juntas dos dedos.

É Lúcia quem recomeça:

— No dia do sequestro, quando eles levaram Márcio, eu tropecei no meio-fio, caí, e uma mulher negra com um brinco grande me acudiu. Me ajudou a levantar, nunca te contei isso, e me levou pra casinha dela que era bem perto. Eu aos prantos e ela perguntou se eu queria um café adoçado, um biju, um acalento. Ela falava a minha língua e naquele momento, ainda segurando na mão dela, percebi o quanto eu estava no lugar errado, um lugar sem o cheiro e a voz que sempre me acompanharam, sem essas salinas tão brancas com seios pontudos apontando pro céu, sem o meu rio Piranhas, sem essa seca que racha o chão todo e mostra os pés deformados dos trabalhadores do sal. Aquela mulher tinha um rosto bonito, bem mais velho do que os braços que me ajudaram a levantar, e sabia como ninguém o que precisava oferecer pra me trazer a calma de volta. Não chore, ela dizia, nem se aperreie, pode se aquietar, teve sorte que não abusaram de você, menina, que te jogaram pra fora do carro, devem ter percebido que o rico era ele, o dono do carro, eles sempre querem o dono do carro, não sabe? Ela tinha esse jeito de falar comigo a duas vozes, com esse não sabe no final das frases, ela mesmo perguntando e respondendo, esse jeito que eu fiz tudo pra abortar porque vocês riam às gargalhadas quando ele aparecia em minha fala. Pode parecer mentira, Dan, mas meu encontro com aquela mulher valeu por muitas aulas que não tivemos na faculdade. Talvez um padre e um rabino juntos não fossem capazes de me mostrar caminhos como ela me mostrou.

— Tudo isso é passado, volta comigo e vamos recomeçar de outro jeito, nosso futuro vai ser como você quiser, prometo. Ou vai ser do jeito que planejamos, com três filhos e colhendo as penas dos pássaros ao redor do mundo, mas sem exigências, sem cobranças da minha parte. Esses seis meses pra mim foram só tristeza e solidão, e hoje sei que não consigo viver sem você do meu lado. Vamos recomeçar, fazer tudo diferente, a gente se ama, a gente consegue.

Ela esboçou um choro, abaixou a cabeça e sentiu o vento morno que chegava com o entardecer. A TV continuava mostrando a partida de futebol. Mais algumas pessoas entravam e formavam grupinhos ao redor das mesas do fundo, o que trazia um zum-zum-zum de vozes estridentes. Lúcia endireitou-se na cadeira e voltou a falar mostrando um rosto congestionado.

— Quando eu soube da morte de Irene me acabei de chorar, sem ela eu não teria chegado até o fim da faculdade. Livre como uma flecha que escapa de seu arco, ela era assim, eu o contrário. Talvez por isso nos déssemos tão bem. Você é forte, ela me dizia sempre, você consegue, não desista. E ela desistiu, foi embora sem se despedir.

— Ela lutou como uma guerreira, você não estava lá pra ver! Aquele câncer foi avassalador, a gente fez de tudo, usou todas as drogas, foi muito rápido, menos de três meses, não teve jeito.

— Quis tanto ir ao enterro, mas sabia que você estaria lá e tive medo, eu ainda me sentia fraca, sem forças pra sentir de novo o seu cheiro e continuar de pé. E agora você veio, por que você veio se tudo já está acalmado, posto em sossego? Eu não posso voltar, meu lugar é aqui. Aqui eu luto com um estetoscópio, ele é a minha arma. Toda semana vou pros becos, pras vielas, e o povo me cumprimenta: "Tudo bem, doutora?". Eu entro em igreja católica, evangélica, centro espírita, terreiro de umbanda. Examino criança, velho, moço, homem, mulher. "O doente é este aqui, doutora, faz sete dias que tá assim prostrado, não sai da cama, não come, não fala, pelo amor de Deus não deixa ele morrer que nenhuma mãe merece enterrar filho." E eu com meu estetoscópio ausculto, choro, ouço os lamentos, tantas mães com filhos sumidos, assassinados, levados pra não sei onde. Aconselho, dou amostra grátis, tomo café, às vezes um bolinho, sabendo que muitas vezes não tem jeito, não tem Deus ou religião que dê conta de tanta miséria, tanto sofrimento. Minha vida é aqui, talvez no Seridó, onde viveram meus antepassados, mas não naquele Rio de Janeiro.

Enquanto Lúcia falava, Daniel se enfiava dentro dos olhos dela tentando talvez enxergar uma brecha. Resolveu revidar:

— Lá é igual aqui, uma multidão de rostos e dores sem fim. Também tem muita gente precisando de você e do seu estetoscópio, volta comigo!

— Sua família quer a aprovação do rabino pra quase tudo e ele nunca me aprovaria, eu seria sempre uma intrusa, uma estranha, ainda que convertida. Nem sei se já te falei, Dan, mas muitas vezes, lendo aquele livro que tio Abraão me deu, eu me senti uma marrana. Será que era só por ser mulher e nordestina vivendo no Rio de Janeiro que eu me sentia assim? Tantas vezes me perguntei isso e nunca cheguei a uma resposta. Embora eu tenha concordado com a conversão e até desejado muito naquele momento, você bem sabe que pra mim não existe Deus. Se estou bem não preciso dele e quando estou mal, com um enorme abismo me consumindo por dentro, sei que nunca encontrarei um Deus capaz de preenchê-lo. Fico bem sem ele. Eu nunca faria parte do Nós de vocês, me sentiria sempre uma invasora. Mesmo com toda essa história de cristão-novo em minha família. Sim, nunca passamos com o lixo pela porta da frente, enrolamos o morto com um pano limpo, cobrimos os espelhos da casa depois do enterro, mesmo com tudo isso e com a descoberta da estrela de Davi que foi de vovó, aquele rabino foi muito claro: isso não torna ninguém judeu, a pessoa que vive afastada da comunidade, afastada de suas festas e comemorações não é judia. Você estava lá, Dan, você ouviu ele dizer isso. E ele ainda falou que a questão da confirmação do ventre é sagrada no judaísmo, lembra?

— Eu sei, eu lembro, meu grande erro foi ter levado você em uma sinagoga ortodoxa, com rabinos ortodoxos. Tudo teria sido mais fácil se eu tivesse levado você pra conversar em outra sinagoga, com outro tipo de rabino, não me perdoo por isso. Eu errei muito e agora estou aqui implorando pra você voltar.

— Mesmo se fosse nessa outra sinagoga eu teria que fazer o curso, cumprir todos aqueles rituais e no final, pra nossos filhos serem considerados judeus de verdade, eu deveria me submeter ao tal tribunal rabínico, você sabe muito bem disso, Dan. E ainda assim, acho que eu sempre me sentiria uma estrangeira. Aquilo não era meu mundo, o meu mundo era você e por você eu achei que era possível. Não foi!

— Lu, vamos esquecer tudo isso: sinagogas, rabinos, religiões, nada disso agora tem importância. Eu fui um idiota pedindo sua conversão, fui egoísta, só...

Ela o interrompeu:

— Velas, rezas, rabinos, padres, pastores e as crianças continuam morrendo debaixo de todos esses deuses. De que adianta tudo isso? O que Malu e Irene fizeram pra serem levadas tão cedo? O que esses milhares de meninos e meninas fizeram pra ter suas vidas interrompidas assim? Que deuses são esses que permitem essa miséria que mata inocentes?

Ela começou a soluçar alto e não conseguiu mais disfarçar. As lágrimas gotejavam pelo jaleco e Daniel a acariciava, sussurrava no seu ouvido palavras doces, mexia nos seus cabelos.

O moço do bar percebeu a tensão e resolveu interferir:

— Aceitam um sorvete de cajá, de graviola? Tenho também de cupuaçu, esse é novo.

Outra vez em silêncio, tomaram os sorvetes que chegaram rápidos à mesa, até que Daniel continuou:

— No judaísmo, Lu, o que mais importa são as ações, principalmente aquelas que são para o bem do próximo, e nesse sentido você é mais judia do que eu, do que meu irmão, minha mãe, e até do que meu pai foi. Aquele rabino não sabia disso, ele só se preocupou com coisas menores, se você comia carne de porco, celebrava o Yom Kippur, comemorava a nossa páscoa. Esqueça tudo isso, todas as bobagens que ele falou.

Como que em resposta, ela segurou com as duas mãos a tigelinha onde estava o seu sorvete e bebeu o que restava ali, agora um líquido ralo e avermelhado. Ainda com a boca melada, voltou ao assunto:

— Sabe, Dan, às vezes eu tiro a roupa pra entrar no banho e fico parada na frente do espelho olhando meu corpo. Quando a água escorre e me encharca parece sempre que um braço, uma perna, um pedaço de mim fica do lado de fora do boxe sem limpar. Será que essa parte suja é meu lado judaico? Meu lado católico? Ou o meu lado ateu? Qual deles será o sujo?

Daniel aprumou as costas, tentou dizer alguma coisa, mas ela não permitiu e continuou sua fala:

— Jesus e todos os apóstolos eram judeus, mas o único que ficou marcado como judeu e passou a representar todo esse povo foi Judas. Na hora em que os representantes dos sacerdotes e os guardas chegaram para prender Jesus, todos os apóstolos fugiram e Pedro ainda renegou Jesus três vezes. Só Judas foi fiel e ficou. E justo ele foi considerado em todos os cantos do planeta como aquele que trai, que só pensa em dinheiro, que não ama o próximo. Ainda hoje, depois de tantos séculos, no sábado de aleluia os católicos espancam os bonecos que representam Judas. E nem os próprios judeus o defendem, preferem ignorá-lo. Nem sei por que me lembrei disso agora, Dan.

— Todas as religiões têm histórias de violência, de exclusão, Lu, mas também têm histórias bonitas de afeto, acolhimento, de salvação. Não vamos mais continuar nesse assunto, olha só o que eu vou fazer pra você.

E Daniel pegou um guardanapo, dobrou ao meio no sentido do comprimento, dobrou enviesado cada uma das pontas fazendo aparecer um bico na parte da frente, abriu as laterais e, mostrando o avião que havia feito, disse:

— Nós vamos embarcar nele juntos e vamos aterrissar no Santos Dumont.

Lúcia olhou para ele e seus olhos anunciaram um sorriso. Mas logo se virou e viu as manchetes de um jornal abandonado na mesa vizinha.

- Fidel Castro decide se aposentar, após quase meio século no poder.
- Barack Obama tem chance de ser o primeiro presidente negro dos Estados Unidos da América.

- 1.069 casos de febre hemorrágica da dengue. Confirmados 77 mortos em todo o país.
- A menina Isabella Nardoni, de 5 anos, morre após cair da janela do sexto andar de um prédio em São Paulo.

Daniel acompanhou o seu olhar e também foi atraído pelas notícias.
— O mundo vai mal — ela disse. — Quando um pai joga a filha pela janela é sinal de que não há mais esperança.
— Pelo menos um negro finalmente vai ser eleito para governar os Estados Unidos, quem imaginaria isso? Mas hoje não vou e não quero falar de política, não adianta você querer me distrair. Eu vim aqui pra te levar de volta. Só pra isso!

Lúcia o encarou exibindo um rosto ainda marcado pelo choro e disse que precisava voltar ao trabalho. Já anoitecia e ela não sabia o que tinha acontecido com os pacientes do período da tarde, não sabia se já tinham fechado o posto, sua bolsa estava lá dentro.

Reparou que havia flores em todos os ambientes daquele bar. Em vasos de barro, potes, tigelas. Algumas estavam frescas, cheias de vida, e outras já debruçadas sobre o próprio peso, com a secura do sal invadindo tudo.

— Vou com você. Posso ir depois até sua casa e rever seus pais, conversar com eles?

— Melhor não, eles vão sofrer.

Daniel respirou fundo tentando conter o baque e continuou:

— Quero pedir você em casamento, é isso que quero conversar com eles. Sinto a falta do seu corpo quente na minha cama, no meu café da manhã, no meu almoço, meu jantar, não aguento mais conviver com essa ausência, ela dói demais. Vim até aqui porque decidi não desistir de você, não vou voltar sozinho!

— Dan, por favor, não faça assim, não torne as coisas ainda mais difíceis, nossa história está entranhada em nossos corpos, embaraçada em nossas pernas, mas o tempo vai nos salvar. Ele passa e sempre salva. A memória é uma ditadura, Dan. Eu sei tudo o que fizemos e tudo o que dissemos um para o outro nesses anos todos, não consigo me libertar disso, mas temos que seguir nossos caminhos. E eles são diferentes. Quando é seu voo de volta?

— Não volto sem você, já disse.

— Quando?

— Vou ainda hoje para Natal e amanhã bem cedo embarco para o Rio, mas só vou se você me prometer que vai depois.

— Você deixou pingar sorvete na camisa!

Ele olhou para a camisa e viu uma mancha vermelha.

— É o meu coração sangrando — disse.

— Você vai ter um futuro lindo, nada vai dar errado, tenho certeza.

— Eu sei disso, um futuro com você do meu lado, não adianta tentar se livrar de mim.

— Sabe, Dan, aqui eu ouço o silêncio, um silêncio muito antigo das minhas andanças por estas ruas com Malu. E isso me faz tão bem! Não posso voltar, meu mundo é este.

Os olhos verdes dele expressavam uma tristeza enorme, como se não quisessem participar dessa conversa, como se, ao ouvir o que Lúcia dizia, eles estivessem sendo coniventes. E ela continuou:

— Não sei se já te contei, mas aqui na cidade corre a lenda de uma mulher louca. Essa lenda já apareceu até em livro. A mulher era muito bonita, mas nenhum homem mexia com ela porque achavam que mexer com louca trazia maldição. Ela vivia rodeada de cachorros e gatos abandonados, em uma casinha pobre lá no porto do Roçado. Andava sempre por perto das padarias pedindo pão. As pessoas davam, e ela então retirava o miolo e repartia as cascas com os bichos. Depois voltava para casa. Todas as manhãs essa cena se repetia e todos sabiam que à noite ela faria o seu trabalho. Com as mãos sujas, esmagava os miolos dos pães até que formassem uma massa e então começava a criar bonecos, mas todos sem cabeça. Perfeitos nos corpos, porém sem as cabeças. Ninguém sabia por que eles eram feitos assim, talvez ela mesma não soubesse. Durante as tardes ela ia até as salinas, onde os homens já estavam exaustos e suados, com os pés totalmente rachados, e oferecia a água do jarro que carregava na cabeça. Eles aceitavam e agradeciam muito. Alguns pensavam que ela era uma funcionária dos patrões, mas ela era apenas a louca do pão. Dizem que uma vez contou a eles que o marido afundou junto com um barco onde trabalhava e que ele tinha muita sede. Parece que ela perdeu o juízo quando o marido sumiu. Depois disso, começou a fazer os bonecos de pão e a oferecer água para os trabalhadores nas salinas. Se é verdade essa história ou só uma lenda eu não sei, mas acho que vou virar a louca dos bonecos das crianças feitas de ranhos de nariz. Vou fazer milhares deles, mas todos perfeitos, completinhos, lindos, com perninhas rechonchudas, bracinhos delicados e olhos brilhantes.

Ele abraçou Lúcia de um jeito terno e aquela luminosidade de quase noite deixou o olhar dele ainda mais verde e mais triste. Quando pagaram a conta, antes de saírem, ela amassou com as mãos o avião que ele havia feito. Andaram em direção ao posto de saúde, o rosto dela ainda inchado, coberto por uma névoa.

Chegando em casa, ela tinha no corpo o cheiro dele.

15 de julho de 2008

Malu, faz tanto tempo que não abro este caderno. Parece que desde que voltei aqui pra casa, junto de mãinha e painho, você também está aqui e participa de tudo de nossa vida sem que eu precise contar, mas tem uma coisa que aconteceu e não falei pra eles nem pra ninguém, só você vai saber.

Em meu último mês no Rio, Márcio foi sequestrado e eu estava no carro com ele. Assim que me jogaram pra fora, uma senhora de alma boa me ajudou a levantar e me levou até sua casa. Horas depois, já dando conta de mim, mas me sentindo tonta e com muitas dores no corpo, peguei um táxi e fui lá para o nosso hospital no Fundão. Foi um choque quando disseram o que estava acontecendo comigo. Silenciei sobre tudo com todos, até com você, só Irene soube. Foi uma decisão duríssi-

ma, ela me encorajou, chorou comigo e me acompanhou o tempo todo. Daniel em São Paulo, num curso de oncologia, me ligando todas as noites e eu me calando, não podia ser diferente, não seria uma criança judia, não teria sido parida por um ventre judaico, o rabino havia sido muito claro. Irmã querida, sei que ninguém tem o direito de julgar as obrigações que cada religião impõe para seus seguidores, por exemplo, acender as velas nas sextas-feiras, como mãinha disse que vovó às vezes fazia, sangrar os animais antes de matá-los, não comer carne de porco, lavar as mãos ao sair do cemitério, se purificar depois das menstruações, ir à sinagoga nas festas importantes. Eu estava disposta a fazer tudo isso porque sabia o quanto era fundamental pra ele que nossos filhos fossem judeus. Eu faria todas essas coisas, mas de repente a roda girou mais rápido do que o planejado e levou tudo morro abaixo.

Meu tombo, o baque forte com a barriga nas pedras, o sangramento, o tempo esperando a dor passar, tudo colaborou. Quando aquele feto foi expulso de meu corpo, Daniel também estava sendo expulso. Ninguém percebeu e, dias depois, quando as dores ficaram insuportáveis, já era tarde, a infecção tinha tomado todo o meu útero. Nunca mais filhos judeus, nunca mais ele e eu, nunca mais, nunca mais, o corvo havia chegado. Agora sou uma mulher sem andamento, sem continuidade, como diziam antigamente. E mãinha, de uns tempos pra cá, deu de fazer tricô. Vejo as agulhas douradas indo e vindo com uma rapidez endoidada e a cestinha no chão cheia de novelos. Faz roupinhas para um bebê que terei um dia: amarelo, verdinho, cor de salmão, já que não sabe o sexo. Não tenho coragem de contar a ela. Mas já estou em paz. Aqui tenho todos os filhos das outras. Chegam com ranhos no nariz, verminoses, barrigas estufadas, olhos circunflexos. Tudo com cheiro de carne de sol e manteiga de garrafa. Aqui passeio pelas dunas, pelos mangues, vejo as salinas, vou a Camapum, Soledade, está tudo tão diferente, não? Mas ainda assim sinto que faço parte desse pedaço de mundo. Eu também estou diferente. Hoje sou um porco-espinho ao contrário, os espinhos cresceram pra dentro e espetam, fazem doer. Pena que você não está comigo, essa é a dor maior.

& **Outras
histórias**

Cachimbos

Acho que eu já estava acostumada com suas ausências, viagens a trabalho, seus sumiços. Mais uma viagem, é isso. E eu vou ficar como sempre: as formigas teimosas na cozinha, os livros nas estantes, CDs espalhados pela casa, o som baixo de um jazz conhecido. Abri os armários e vi suas camisas penduradas. Impecáveis, sem marcas, com cheiro do sabão usado na lavanderia da frente. Ele mesmo as levava toda quinta-feira e no caminho engatava um papo com quem encontrasse.

— Sabe quem perdeu o jogo hoje?

Ele gostava de perguntar quem perdeu e nunca quem ganhou; tinha uma certa afeição pelos perdedores. E quando tropeçava em algum jovem, como aqueles que usam bonés com a aba virada ao contrário, enfiava-se em longas conversas sobre tecnologia fingindo saber muito, mas na verdade usufruindo de todas as explicações que só aqueles com esse tipo de boné sabem dar. Voltava cheio de energia como se tivesse ido à praia.

Era o final de uma terça-feira modorrenta. Sentei na poltrona estofada de verde, preparei um bom expresso, fumei um cigarro e, me sentindo pronta, fui ao hospital. Encontrei outra pessoa, não aquela a quem tinha deixado com a enfermeira na noite anterior. É possível mudar tanto em 24 horas? Os mortos fingem ser outros para nos fazer pensar que não são eles que morreram? Cheguei perto o mais que pude tentando sentir a respiração daquele homem que não era mais o meu e que não respirava. Disse baixinho: estamos aqui só você e eu, temos tempo de dizer todas as coisas que ainda não foram ditas. Será melhor deixar para o dia seguinte, como sempre fizemos? Os mortos têm dia seguinte? Ele não respondeu, apenas me olhou cheio de ternura e de preocupações, como se eu fosse sua filha.

Quando empurrei as portas da vitrine onde ele guardava os cachimbos, lembrei das suas exaustivas explicações. O mais importante é encher da maneira correta o fornilho para que o fumo queime suave e uniforme. Depois, com o dedo, dê uma compactada no fumo para não socar demais. Feito isso, vai sobrar espaço no fornilho, então é hora de completar com mais um pouco de fumo e dar mais uma socada de leve. Se socar demais o fumo, ele queimará muito rapidamente, e se socar de menos ele vai se apagar. Tem que ser feito com delicadeza. Sem a delicadeza necessária, fechei uma das portas da vitrine, e ela trincou. Dona de casa eficiente, mãe de uma cachorra velhinha e funcionária do governo federal, eu sempre detestei aquele cheiro.

Um dia, na praia, fomos a um parque de diversões antigo e ficamos andando feito loucos em todos aqueles brinquedos caindo aos pedaços, com medo de que o parque fechasse e não desse tempo de usufruir de tudo. Agora tenho todo o tempo para mim, e o tempo passa no ritmo da ausência dele. Quando fomos à Itália também nos preocupamos com o tempo. Dezessete dias serão suficientes? Não será pouco? Depois de Veneza, Florença, Roma e o Vaticano, chegamos à conclusão de que foi pouco. Hoje, quinze anos depois, percebo que o tempo não foi suficiente para andar em todos os brinquedos que tínhamos planejado. O parque fechou de repente e eu fiquei sozinha na escuridão.

O casaco estava sempre lá. Elegante, pendurado no espaldar da cadeira, e quando o celular tocava ele apalpava o bolso interno com cara de quem não queria atender. Depois, ficava um tempo enorme dando gargalhadas que nunca tinham explicação. Eu sempre entendi o mundo de um jeito utilitário, e essas gargalhadas sem sentido acabei colocando na mesma vitrine dos cachimbos. Talvez agora elas me olhem de lá e contem os segredos que eu nunca consegui desvendar. Nada na vida tem forma útil se não considerarmos que a grande utilidade é conseguir suportá-la, ele dizia. Não sei se vou conseguir.

O que marca um fim? A sopa que já foi servida? O café fumegante saindo da máquina? A cor do sangue? Vinte dias e aquele sangue antes tão saudável agora deve ser descartado, substituído por outro. E mais outro. E ainda outro. E eu lá, naquele hospital, vendo seu corte de cabelo perder a forma, seus bocejos soando como alertas, os pés parecendo de plástico transparente, as veias em tom amarelado. Fotografo seu rosto me assegurando de que poderei recuperá-lo sempre que a memória estiver a ponto de evaporar. Sorrio, sentindo a umidade pegajosa do final.

Ele estava sempre à frente dos meus passos. Fazia ginástica três vezes por semana porque queria viver muito. Andava rápido e ia pelo caminho mais longo, procurando lugares cheios de vegetação até chegar aonde precisávamos. Sempre foi um bom alvo para mim. Era mirar e atacar. De volta, umas caretas, às vezes sumiços, suas palavras se misturando nas minhas, seus gritos nos meus.

Viúva, devo me acostumar com esse estado civil. Também com dizer tudo o que é dele no passado: ele era, fez, teve, gostava de mapas, tinha uma coleção de carrinhos antigos de brinquedo.

A Poly chegou logo depois, uns dois meses, quando ele já punha os pés na mesinha de centro para ver TV. Alguém disse que o diabo é um homem ocupado e ele acreditava nisso. Trabalhava pouco e passava o resto do dia deitado na rede curtindo o cachimbo, seus discos, a cachorra. É o respeito íntimo necessário à minha sobrevivência emocional, dizia quando eu, enfurecida, cobrava por mais ação. Ganhe você esse campeonato, me respondia. E eu perdi. Não parei para amarrar os sapatos, na correria tropecei, e ele se foi quase sem me dar tchau. Fiquei aqui rodeada de mundo, sem conseguir encontrar a nossa casa, só sabendo dizer: perdoa-me!

Às vezes seu olhar se esquecia em uma vitrine de cachimbos: esse é o Aplle, esse o Lovat, e esse outro, o Dublin. Cada um tem sua especificidade, ensinava. Também parava nas prateleiras de vinho: você vai gostar do Pinot Noir, é leve e vai bem com carnes e peixes. Mas pode ser que também goste desse Merlot, é quase adocicado, como a nossa vida. Viver é uma questão de costume, você vai se acostumar, ele me disse enquanto descia embalado naquela caixa de madeira escura. Vinte e três graus e dia ensolarado, foi o que a moça do tempo prometeu logo cedo. Olhei para cima e fiquei cega. Como o sol tem coragem de brilhar nesse lugar? Cinquenta e dois anos! Seu egoísta, como foi capaz de ir embora tão cedo e me deixar assim completamente oca?

No último domingo antes da internação, andando no shopping, quando ele levantou o braço para ajeitar uma mecha do cabelo que teimava em cair, vi uma sombra escura nos seus olhos, o que levantou fantasias. Ele vai me deixar!

Quando nos deitávamos, eu apoiava a cabeça no seu peito peludo e sentia que meu mundo era sólido, nada era capaz de alterá-lo. Agora me vejo parada no meio de um caminho em que tantas coisas ainda estavam por acontecer. Será que aconteceriam? Isso eu nunca saberei. Hoje me restam as memórias, mas elas são tão falsas, tão mentirosas!

Com o cachimbo em mãos, coloque a chama por cima do fumo e dê pequenas puxadas no ar, tentando queimar o fumo em vários pontos, porque é nesse momento que, devido ao calor, ele tende a aumentar de tamanho e se elevar. Faça isso com todo o cuidado, usando um socador delicado para a última compactada no fumo aceso. Essa atitude é crucial para o cachimbo não apagar.

Zumbido

— Dói muito, doutor, deve ter quebrado.
— O que aconteceu?
— Nem sei direito, andando na varanda escorreguei no tapete e agora não consigo mexer.

Ele pediu que ela subisse os três degraus da maca e se sentasse.

— Você joga tênis? — perguntou o marido.
— Ah, as fotos. Sou apaixonado, quando jovem fui campeão paulista.
— Uau! Não é pouca coisa!
— Se quiser ver os troféus, minha secretária mostra, estão ali na outra sala.
— Vou lá!
— Tire a blusa, preciso examinar.
— Não vou conseguir.
— Eu ajudo.
— Você ganhou do Marc? Ele era fera — gritou o marido de longe.

— Melhor que ele era o Fred.
— Também ganhou dele?
— Sim!!!
— Acho que por cima é melhor.
— Dói muito, não consigo.
— Calma, pode ir devagar, sem pressa.
— Ai! Ai!
— Tá quase, falta pouco.
— Ufa, conseguimos!

Ele deu uma risadinha, pegou um pequeno instrumento de metal e bateu muito de leve no ombro dela.

— Ui! É bem aí que dói.
— Imaginei, deve ser a clavícula, vou fazer um raio X.
— Nunca vi tanto troféu junto, posso tirar uma foto?
— Quantas quiser, pode até botar no Face.

Acertou o foco, acendeu a luz azulada bem em cima do ombro dela e se afastou.

— Tem um mosquito voando por aqui, morro de medo de pegar dengue. Muita gente morrendo e a imprensa não divulga, sabia? Já são mais de mil.

Ela flexionou o corpo para a frente e disse:

— Não se mexa, esqueça o mosquito.
— Eu sempre gostei de tênis, mas treinava pouco, precisa ter muita persistência.

— Com quem ele tá falando?

— Com a minha secretária. Agora é só esperar um minuto até revelar. Comprei esse equipamento no mês passado, custou uma nota! Cada aparelho novo tira 100 mil dólares do meu bolso. Os pacientes perguntam: o senhor não tem o de luz pulsada? O que tira em 3D? Aquele todo colorido? E eles ainda chegam aqui querendo me dar aulas: vi no Google, li na Wikipedia.

— Tanta coisa pra fazer nessa semana e justo agora me acontece isso.

— Faz parte da vida, se as pessoas não se quebrassem, do que eu ia viver?

— Acho que eu já conheço você. *(Com cabelo, magro, a raquete embaixo do braço, sem óculos, será?)*

— Todo paciente que entra aqui diz isso. Devo ser um tipo muito comum.

— Os tipos comuns são muito raros. *(Beto, sempre foi só Beto; doutor Roberto Guimarães, só pode ser ele.)*

— Seu apelido é Beto?

— Com esse nome eu não poderia ter outro. *(Filho da puta, vai fingir que não me conhece.)*

— Sua memória é boa?

— Já foi melhor.

— Ei, esse aqui na capa da *Vejinha* é você?

— Faz muito tempo, olha a data.

— A minha memória é ótima — ela disse.

— Hoje em dia isso é um privilégio, é tanta informação que o cérebro pifa cedo.

— *Vem, meu menino vadio/ vem, sem mentir pra você/ mas vem sem fantasia/ que da noite pro dia/ você não vai crescer.*

— Você está bem? Costuma cantar assim de repente?

— Sou apaixonada por MPB e pelo Chico. *(Agora vai fingir que não lembra da música, eu sei que você lembra, seu puto, tô vendo na sua cara.)*

— Naquele tempo o Pelé ainda era Rei e o Santos campeão de todos — disse o marido, da outra sala.

— Nunca esqueci de nós no Proença. *(Quero ver você negar agora.)*

— Vinte quilos a mais, uma úlcera e muitos tratamentos de cabelo que não deram certo. No Proença eu era outro, mas você eu reconheci assim que entrou.

— Não sabia que tinha feito medicina.

— Agora sabe.

— Lembra do Vítor e da Célia? *(Se você disser que não, eu arrebento esse raio X.)*

— Claro!

— E do Duda, da Lu, Mika, Beto Fontes?
— Nunca mais vi esse pessoal, mas aquela festa na casa do Kadu é inesquecível.
— Nossa! Bebi demais naquela noite.
— E eu não sei?
— Eu andava meio tristonha naquela fase. *(Você tinha que lembrar justo dessa festa?)*
— Ah, é?
— Acho que ainda continuo assim, mas agora também impulsiva, esse é o problema.
— Toma uns Eutonis que melhora.
— Já tomo Rivotril e faço terapia duas vezes por semana.
— Tá de bom tamanho.
— Ei, tô vendo aqui que você também apareceu na *Caras* — o marido gritou com uma voz entusiasmada.
— Mas nessa não dei capa.
— O Júlio ficou paraplégico por causa do tiro, sabia? Morro de remorso, você não?
— Não penso nisso.
— Como a gente teve coragem? *(Vai, vai, não dê pra trás agora. Ainda escuto você berrando.)*
— Coragem é o que não me faltava. Lembra do churrasco no sítio da Bel?
— Lembro muito bem. E a filha da empregada? Se não fosse o seu pai...

— É, o velho quebrou um galhão, sempre quebrava. Você e o bonitão aí tão juntos faz tempo?

— Sete anos. E você?

Ele deu uma risadinha e fez o número três com a mão direita.

— Três anos de casado?

— Não, tô no terceiro casamento.

— E esse troféu tão diferente ele ganhou onde, você sabe? Não tem nada escrito.

— Acho que foi na China — ouviram a secretária dizer.

— Não, foi no Japão — o doutor gritou para que eles escutassem. — Em 1996.

— Você foi longe, hein?!

Ele botou a chapa em cima de uma placa iluminada e ela reparou nos dedos enormes, parecendo muito maiores do que o normal. Amarelados, dedos de um fumante, e a mão sem aliança.

— Como eu previa, não tem fratura, mas uma bela contusão.

— Sempre penso nele atarraxado naquela cadeira de rodas.

— É passado, esquece! Vou fazer uma massagem com cânfora e depois imobilizar.

— A Clara também ficou bem prejudicada, até hoje não se ajeitou. *(Quero ver o que você vai dizer agora.)*

— É passado, já disse.

Falavam baixo, quase sussurrando.

— Ela adorava você, vivia dizendo que não existia amigo melhor. Tenho muita tristeza por tudo aquilo. Sei lá, acho que a gente ainda vai pagar pelo que fez.

— Hum, meu dinheiro não dá nem pra pagar as contas no final do mês, quanto mais essas dívidas da adolescência.

— A gente já sabia muito bem o que era errado, não éramos tão crianças assim.

— Pelo jeito você escolheu viver pensando no que já foi. Eu, ao contrário, tô de olho só no presente, nem o futuro me interessa muito.

Ela reparou que as prateleiras da sala eram de madeira clara com detalhes em marchetaria avermelhada, combinando com o tapete persa, com a mesa e a moldura do diploma.

— Sabia que dá azar? — ela disse apontando para um relógio parado que marcava quatro horas a menos.

— Você ainda joga? — berrou outra vez o marido lá de longe.

— Agora só de brincadeira, mas com essa garotada mal vejo a bola — ele respondeu. E voltando a baixar a voz: — Acabou a pilha e não tive tempo de comprar, mas nunca acreditei em azar.

— Chega quando a gente menos espera. É bom se prevenir. *(E essa cruz pendurada no pescoço, não era ateu?)*

— Prevenir? Essa palavra pra mim não existe.

— É sério, às vezes acordo no meio da noite pensando em tudo aquilo. *(Não adianta disfarçar, eu tô vendo seu olho tremer.)*

— Deixa pra lá! Toma um pouco mais de vinho pra esquecer. Ou um uísque, lembro que você gostava.

Ele tirou um pequeno vidro de dentro do armário, ajeitou a mão em forma de concha com aqueles dedos enormes, e derramou no ombro dela um líquido verde-claro.

— Ai, tá gelado!

— Já vai esquentar, vou diminuir um pouco o ar e fazer a massagem.

Os movimentos eram lentos e circulares.

Ela olhou o teto, que parecia a quilômetros de distância.

— Acho que nunca vou esquecer aqueles dias.

— Gostei dessa flor que você tatuou aqui.

— Não é uma flor, é uma centopeia, anda devagar mas sempre chega aonde quer. *(Flor?)*

Lentos e circulares.

— O mosquito está voando por aqui de novo, você ouve o zumbido?

— Só você ouve.
— Dói muito.
— Vai passar.
— Esse cheiro de cânfora...
— Psiiiiuuuu!

Ouviam as risadas do marido e da secretária, de vez em quando um fungar dele.

— Parece que os dois lá se deram bem.
— É!
— Cuidado, a moça é do tipo "caliente", escolhi a dedo.
— O que é aquilo? — ela apontou para um objeto em cima da mesa.

Feito de metal, tinha uma empunhadeira trabalhada em alto-relevo de onde saía uma lâmina que terminava em finíssima ponta.

— É um abridor de cartas, ou de páginas de livro. Foi do meu bisavô.
— Posso ver?

Sem parar o que estava fazendo, ele se inclinou um pouco, esticou o braço e conseguiu alcançar a escrivaninha colocando o abridor na mão dela, que continuava sentada na maca.

Lentos e circulares.

— É lindo, parece uma peça de museu. No México eu comprei um meio parecido, mas esse é mais bonito — ela disse.

Falava manso e alisava a lâmina ora com uma mão, ora com a outra, ambas sobre o seu colo, até que encostou a parte mais fina na barriga dele, que recuou rápido.

— Ficou maluca?

— Tô só brincando, você não gosta mais de brincar? Era tão bom nisso! *(Seu olho agora está tremendo muito.)*

Virou o abridor espetando de leve o próprio peito e perguntou:

— Será que é a minha vez? Você sempre sabia de quem era a vez.

— Chega, você já pode descer daí, se limpar um pouco com essa toalha e vestir a blusa. A cânfora não mancha.

— Ué, cadê aquela coragem? Sumiu? *(Vai, vai, não dê pra trás agora.)*

— Para com isso, Rebeca.

— Sua funcionária é divertida, preciso voltar outras vezes — o marido entrou na sala rindo.

— Sabia que isso aqui é um abridor de cartas muito antigo? — a mulher explicou para o marido, encostando-o bem no seu pescoço.

— Cuidado, você quase me machuca com essa ponta.

— Vou perguntar lá pra secretária quem ela acha que merece um golpe desse abridor.

Pela janela dava pra ver que caía uma chuva fina, daquelas que pegam.

— Agora é só fazer uma tala e você vai ter que ficar com o braço quieto por quinze dias.

— Não sente saudades daquelas vitórias?

— Hoje tenho outras, meu caro.

Parada na frente do elevador, ela mexe no anel, ajeita o cabelo e o marido pergunta:

— Tudo bem?

— No fim do mês tenho que voltar pra fazer uma nova chapa. Daí vou trazer aquele nosso abridor mexicano pra ele sentir como é afiado. *Vem, meu menino vadio/ vem, sem mentir pra você/ mas vem sem fantasia/ que da noite pro dia/ você não vai crescer.*

Objetos

Pois é, tenho ela há tantos anos e ainda toca. Nunca parou. E essas listras em vários tons de madeira também continuam perfeitas, sem lascas ou arranhões. Foi presente da Laura, uma colega de classe de quando eu ainda estava na faculdade. A caixinha durou mais do que ela, coitada. Fica sempre aqui na sala, nesse espaço meio público, meio privado, onde a gente coloca o que quer exibir, mas só para os que têm permissão de cruzar a porta de entrada. Seu lugar aqui na mesinha lateral ao lado do abajur é sagrado. E essa pequena manivela de metal que acaba na bolinha de plástico vermelho destoa de todo o resto, você não acha? Mas é essa manivela que conta que nessa casa já se sonhou. Um sonho parecendo tão perfeito que se espatifou em mil pedaços, assim como a Laura quando foi jogada do último andar da residência da USP.

Por que mantenho essa caixinha que ainda teima em tocar a Internacional Socialista se tudo o que ela representa já se perdeu? É isso o que você quer saber? Não tenho uma resposta certa. Só sei que olhá-la e ouvi-la de vez em quando me dá uma sensação boa de que em algum momento foi possível acreditar. Às vezes a netinha chega, gira a manivela e pergunta — vovó, que música é essa? É uma música muito antiga, que não se toca mais. Quero ouvir de novo, ela diz. Parece a música da galinha pintadinha. É, parece um pouco.

Tirando a manivela vermelha que não orna, o resto nela é perfeito. Na verdade, é uma pequeníssima gaveta, e empurrando a parte de trás dá para ver todo o mecanismo: a roldana com seus pequenos pinos que batem nas barrinhas de metal, a base com os parafusos que fixam a estrutura na madeira, o tubo com os filetes que fazem a roldana se mexer. Às vezes ela toca sozinha, sem que ninguém tenha encostado. Nesses momentos eu acho que a Laura está escondida lá dentro. Abro a caixinha e fico conversando com ela. Por que você, e não qualquer outra pessoa daquela reunião? Gostaria de ter se casado com o Marcão? De ter tido filhos? Já sei, está achando que eu virei uma burguesinha de merda. Me acovardei, resolvi cuidar do meu quintal e hoje estou aqui. Sou quase feliz, acredite, Laura.

Às vezes a faxineira vem e troca tudo de lugar: coloca os dois bonecos vietnamitas ao lado da caixa e eu fico olhando e pensando o que eles já tiveram em comum. Ou arrasta a *mamuska* que eu trouxe da Rússia para perto da campainha que foi do meu pai, e eu vejo que essa moça tem a intuição fina de conseguir combinar as coisas. Como ela poderia saber que a campainha pertenceu a um russo, também ele um colecionador de sonhos impossíveis?

Um dia ela quebrou uma das *mamuskas*, a menorzinha. Resolveu abrir e tirar todas de dentro. Pois bem, a pequena boneca transformou-se em quatro cacos em cima do chão de cimento e o resto virou uma poeira grossa de porcelana. No choro dela, e no "vou colar e vai ficar perfeito", entendi que sonhar o impossível é para todos.

Mas a campainha é à prova de faxinas. Feita de um metal que já foi dourado, ficava, como contou minha mãe, em cima da mesa de trabalho do meu pai. Um pouco emperrada — tenho que fazer bastante força para que ela gire —, já não toca muito bem, mas mesmo assim avisa que o tempo terminou. Um dia, tentando desemperrar o mecanismo que fica na parte de baixo, acabei me cortando. A ferida foi grande, saiu muito sangue e a cicatriz ficou até hoje.

Essa cicatriz é uma das coisas que me ligam a ele, que tantas vezes também colocou a mão naquele metal dourado, antes que me dissessem seu pai foi viajar, seu pai está guardado no coração da sua mãe, ele foi morar no céu, e eu aqui olhando para a campainha que já não ficava mais em cima da sua mesa de trabalho, porque já não existia mais mesa de trabalho, nem o seu consultório, a nossa casa, aquela cidade cheia de montanhas. Quando canso de esperar que ele volte me trazendo presentes, esfrego minha cicatriz no topo da campainha e ela emite o som de um final de tarde desbotado, aquele que a gente esconde nos objetos para fingir que as pessoas queridas estão por perto, amarrando os sapatos, coçando as sobrancelhas, fungando o nariz e nos dizendo que os sonhos ainda são possíveis.

Olhando assim de cima, tudo nessa mesinha é só felicidade: objetos comprados em viagens, *recuerdos* de família, presentes dados por bons amigos, mas ninguém pensa na imobilidade fingida deles. Sim, esses objetos fingem. À noite, quando todos na casa dormem, costumam conversar. Queixam-se de cansaço por ficar sempre na mesma posição, reclamam do pó que se acumula no tapete, falam dos maus-olhados de algumas visitas, além das mãos inconvenientes que, vira e mexe, são obrigados a tolerar. Só os dois bonecos vietnamitas, que comprei em Ho Chi Min em 2010, vestidos com suas roupas coloridas e chapéus de camponeses é que olham para todos de um jeito calmo e nunca reclamam de nada, como se depois das bombas, dos helicópteros, das casas incendiadas e dos cadáveres, já soubessem que é importante sorrir, mesmo para os desconhecidos, mesmo dormindo em pé.

É assim que eu passo algumas noites. Sentada no sofá, tomando sopa na caneca e deixando esses objetos encherem a minha cabeça, porque amanhã é outro dia e tenho que fazer supermercado, pagando esse preço injusto pelo presunto, feijão, tomate e alecrim.

Prisão

— Algum de vocês pode me explicar o que eu tô fazendo aqui? Por que me trouxeram pra cá? Eu não fiz nada errado. O cara lá disse que vocês são todos comunistas e eu já vivi bastante pra saber que comunista e milico são muito parecidos: detestam gay. Ele também me disse que vocês são jornalistas famosos. Eu não, eu sou um merda que escrevo algumas coisas e o Lalau bota naquela revista. Aposto que vocês nunca abriram uma. Acho que nem viram na banca porque ela fica sempre por baixo das outras: da *Exame*, *Veja*, *Casa e Jardim*, *Claudia*, todas essas imbecilidades que vendem pra caramba. Conhecem a revista?

Silêncio. Alguns viram para o lado. Outros olham enviesado.

— São mudos, é? Ninguém vai falar comigo? Pensam que dar o rabo pega? Aposto que são todos enrustidos, o mundo é enrustido, sabiam?

Quando eu era pequeno minha mãe me ensinou...

— Dá pra calar essa boca? Não vê que não é hora pra contar histórias da carochinha?

— Xi, esqueci que, além de não gostar de gay, todo comunista também é mal-humorado, mesmo os sem barba como você. Outro dia eu ainda pensei se essa gente, que fica só estudando e escrevendo, já parou alguma vez na vida pra ver a beleza que tem uma endívia. Já viu como ela é quase redonda e acolhedora, pedindo por um creme dentro dela? Já reparou na cor? Ela não é nem verde nem branca e passa uma sensação de calma, de maciez. Aposto que nunca repararam nisso, vocês engolem a pobre endívia como se ela fosse um pedaço de carne de segunda. De que jeito um pobre coitado como eu pode saber o que é uma endívia? Eu sou pobre mas não sou ignorante; tô no segundo ano de jornalismo e trabalho como ajudante de cozinha em um restaurante bacana; vejo o que esses grã-finos comem e experimento tudo. Tenho vinte anos e minha vida é dura, não fico só lendo não, isso é coisa pra vocês.

— Assim não dá, alguém consegue parar esse cara ou vamos ter que apresentar ele pro Darcy?

Ele não sabia quem era Darcy, tinha um tio com esse nome que o levava para passear de vez em quando. O pai implicava. "Esse cara nasceu na merda e agora bota banca pra cima da gente. Só porque comprou um carro acha que é importante. Se ele não fosse seu irmão eu botava pra fora na porrada", dizia para a mulher. Ela tentava acalmá-lo: "Mas ele é quem leva o Guto pra passear aos domingos. O menino gosta tanto de ir pro Ibirapuera, pro zoológico, até no museu um dia ele levou os filhos e carregou o Guto junto, lembra?". O pai fingiu que era surdo e continuou de olhos enfiados na TV.

— Esse nome, Darcy, só me traz boas lembranças, sabia, barbudinho?

— Ah, é? Qualquer dia desses ele vai te levar pra tomar um café e você vai ver as boas lembranças.

— Adoro café, mas aquele de máquina, expresso. O gosto é delicioso e a gente se sente na Itália. Eu nunca fui, mas é o que dizem. Pra mim o café expresso tem um perfume especial, quase tão bom como o perfume da pessoa amada. Nossa, ficou cafona, mas eu sou um cara meio cafona. Adoro as poesias do Álvares de Azevedo, do Casimiro de Abreu, aquelas antigas, bem apaixonadas. As do Vinicius eu também gosto, mas ele já é mais moderninho. Tenho pena de ter esquecido, sabia tudo de cor. Meu pai sempre detestou esse meu lado, dizia que era coisa de bicha. Estava certo.

Sofri muito na mão dele até que um dia a polícia veio e matou o velho. Ele vivia grudado com aquele vira-lata marrom e acho que um tremia de medo do outro morrer. Meu pai foi primeiro. Tinha roubado a bolsa de uma mulher em pleno shopping. Eu nem senti tanto porque ele infernizava a minha vida, mas a mãe gostava dele mesmo assim, apanhava quase todo dia e chorou um mês inteiro depois que ele sumiu, coitada.

— O tal do Augusto! Tá aí?

— Augusto? Sou eu, seu guarda. Já vou avisando que não faço nada de errado: tenho trabalho fixo, sustento minha mãe, estudo... Ai, não precisa me empurrar, fala com jeito que eu obedeço.

Caminharam, ele e o guarda, por um corredor muito comprido, passaram por duas grades, até que chegaram em uma sala onde na porta se lia: Direção.

— Tô reconhecendo você — disse o homem sentado na cadeira de espaldar alto. — Não morava na Diogo Lopes? Filho da tia Marluce e do tio Nílson?

— Cara, não acredito, você é o Darcizinho? Ainda hoje lembrei do seu pai; aqueles passeios de domingo. Quanto tempo, hein! Como vai ele? Puxa, dois anos? Sinto muito! Vocês devem ter sofrido, ele era um cara bacana.

— Fala baixo, Augusto. O que você tá fazendo no meio desses filhos da puta? Também é jornalista?

— Não sou não.

— Se não é, por que escreve aquelas coisas na revista?

— Escrevo porque acho a vida um pouco triste, então ali eu me solto e ainda ganho algum. Mas é tudo mentira, porque na revista a gente pode mentir bastante que não é mentira, é matéria, entende, Darcizinho?

— É o seguinte, aqui você não pode me chamar de Darcizinho, não, aqui eu sou o doutor Darcy. A gente vai ter que fingir que não se conhece e esquecer aquelas coisas do passado, sacou?

— Saquei. Eu nunca entendi o seu sumiço.

— Isso não existiu, já falei. E tenho que te falar mais uma coisa. Não vai dar pra deixar você voltar pra lá bonitinho assim, sem arranhão nenhum. Vou pedir pra pegarem leve, mas é bom saber que aqui a coisa é braba. E tem mais: se comentar com alguém que já me conhecia eu mando matar você e não vai sobrar um fio de cabelo, entendeu?

— Nossa, Darcizinho, quer dizer, desculpe, doutor Darcy, tô abismado como as coisas mudaram; nunca imaginei.

— É, mudaram mesmo, e pra melhor, no meu caso.

Cruzou novamente as grades, agora em sentido contrário.

Chegou cambaleando, acocorou-se em um canto da cela e começou a chorar. Dois presos chegaram perto; um deles tocou no seu ombro, o outro afastou o cabelo de uma ferida na testa e perguntou se ele queria um copo de água. Mas Guto não respondia, só chorava.

Ficou assim até o dia seguinte, nem pra urinar se levantou.

— A senhora chamou, mãe? Mãe, você taí? Vou na feira comprar papaia. Não fiz nada, não, é o filho do tio Darcy, pra fazer o creme precisa de cassis, meu olho saiu do lugar, ele disse que mandou pegar leve, eu não fui nesse bar, nem conheço, na Consolação, eu nunca fui, cadê a chave da porta, tem gente batendo, eu já pedi desculpa, ele nunca comeu morango flambado, quando eu comi a primeira vez achei que tava sonhando, amanhã compro e faço pra senhora, mas tem que ser com morango fresco, aquele bem vermelho. Amanhã, prometo.

— Não Não Não Não Não Não Não Não Não Não Não Não Não Não Não Não!

— Sim Sim Sim Sim Sim Sim Sim Sim Sim Sim Sim Sim Sim Sim Sim Sim!

— Mãe, tem tão pouca diferença entre o sim e o não. É quase igual, quase igual eu dizer sim pra ele ou dizer não. Mãe, a gente não sabe o que vai sair de dentro da boca, não sabe se é sim ou é não, loucura ou razão, isso tá escrito em um livro que eu li. Eu falei pra ele: o passado não mata, Darcizinho, mas ele se abaixou e limpou os sapatos. Ele usa sapato preto que brilha; limpou três vezes, sempre com aquele paninho. Nunca comeu morango flambado, mas amanhã eu compro uma caixa e flambo. Fuxicar a vida deles? Eu não conheço aqueles caras, nunca vi antes, sei nada, não. São feios, velhos, eu não daria pra nenhum. Acho que eles também nunca comeram morango flambado, mãe, alguém tá batendo na porta, já entrou e agora tá olhando fixo na minha nuca. Eu não vou me virar senão ele vai ver a minha cara. Ele falou pra eu não ter medo. Não, eu nunca tive vontade de matar alguém. Vontade de afogar? Também nunca tive. Por que você tá me perguntando essas coisas? Aqui é muito feio e muito fedido, mãe, e eu tenho medo de ficar doente. Reza, mãe, reza pra mim.

— Xi, perceberam?

— É foda, em boca fechada não entra mosquito, mas ele tá noutra.

— Alguém aí pode me dizer que dia é hoje? Acho que eu desmaiei.

— Desmaiou pra valer, pelo jeito o café que ele te serviu tava forte demais.

— Animal nojento, isso é o que ele é. Mas de mim só vai ouvir não. Antes eu achava que a palavra mais bonita que existe era o sim, mas agora acho que é o não. Fez? Não... Quer? Não. Perguntou? Não. Viu? Não. Entendeu? Não. Preciso arranjar um lenço pra colocar no nariz, não tô aguentando esse cheiro. Vocês vão ficar escrevendo nesse lugar fedido? Nem sei como alguém consegue escrever no meio dessa imundície. A minha crônica da semana já era, sem condições, o Lalau vai entender.

— Seu rango tá lá no canto, o guarda deixou.

— Rango? Tem cor de bosta, vocês conseguiram comer?

— Ou é isso ou a fome, a escolha é sua.

Quem falava com ele era um tal de João, o nordestino que os outros chamam de Ceará; vivia fumando e ninguém sabia onde ele arranjava cigarro. No dia em que chegou todo arrebentado a primeira coisa que fez foi acender um.

— De longe esse rango até parece creme de gianduia, já experimentou? A gianduia é uma mistura de pasta de avelãs com chocolate; lá no restaurante eu faço muito. Dá energia e tem muita fibra, mas é um trabalhão dos infernos pra fazer.

Precisa moer as avelãs, depois derreter junto com o chocolate em banho-maria, juntar o creme de leite fresco batido em ponto de chantilly, mexer bem devagar e ainda...

— Ô, viadinho! Então come o rango pensando que é esse tal creme; vai ver o gosto é igual! — berrou um grandão lá do fundo da cela.

Guto olhou bem pro cara, olhou pra gororoba e decidiu comer fingindo que estava se deliciando com a pasta de gianduia. Fazia exclamações em voz alta para que todos ouvissem e anunciava o sabor, o perfume, a consistência e ainda terminou dizendo:

— Pena que não veio junto com uma torta de pera.

Mais dois foram chamados naquela noite e a volta deles só aconteceu no dia seguinte. Assustados e cambaleantes, chegaram machucados e sem camisa. Como já estava frio, Guto tirou a sua e ofereceu para o mais velho, que tremia não se sabe se de febre, medo ou de frio mesmo. Assim que ficou com o peito nu, os outros conseguiram ler as suas costas. Em tons de vermelho e verde, no meio de uma grande baleia, estava escrito: Jonas, todos os homens pecam.

Um outro preso, meio poeta e meio padre, também se aproximou daqueles dois e ficou falando baixinho sobre Deus, amor, compaixão e essas coisas de igreja, que acalmam alguns e irritam outros. Sua voz era tranquila como a voz de alguém que sabe que a vida sempre acaba mal, mas não vale a pena revelar isso aos outros.

Aquele que misteriosamente apareceu com blusa nova e um pacote de bolachas continuou abraçado ao pacote sem coragem de abri-lo, como se esse fosse o seu passaporte para a vida. Andava de um lado para outro, o som das migalhas choramingando dentro da embalagem de celofane. Ninguém falava nada, ainda que a vontade fosse dizer: "Coma, é seu, aproveite; se o mundo estava iluminado e agora se apagou, ainda restam as bolachas".

Um dos prisioneiros, talvez o mais magro deles, chamou alguns de lado e, no menor volume possível, falou por um tempo quase infinito que eles deveriam conseguir um jeito de entrar em contato com advogados; era casado, tinha dois filhos, uma mulher doente e muito medo de morrer sem vê-los. Em resposta, alguns balançaram a cabeça, outros deram uma batidinha em seu ombro, enquanto o carcereiro, que tinha dentro daquela cela a sua grande distração, berrou para todos ouvirem:

— Chega de reunião, isso vocês já fizeram de monte quando estavam lá fora.

O grupinho se dissolveu e cada um voltou para o seu canto.

No meio da noite alguém gritou:

— Porra, não fizemos mais do que aquilo que todos deveriam fazer; os que não fizeram são uns covardes.

Foi imediatamente silenciado por vários "cala a boca", "tenta dormir", "sossega", "não é hora de mostrar coragem". Obedeceu e ficou sem dizer palavra alguma por um par de dias, sempre remexendo nos botões da camisa e puxando uma das orelhas.

Quando mais uma vez os guardas abriram as grades foi para levar Guto.

Era dia, era noite, era dia, era noite, era dia, era noite e o grandão berrou:

— Perceberam que o viadinho não voltou? Deve estar lá comendo morangos e ouvindo jazz, não acham?

Ninguém respondeu. Talvez estivessem pensando em um corpo já morto que quis ficar dobrado sobre si mesmo, recolhido às suas entranhas.

Quando os carcereiros o jogaram para dentro ele ainda gemia.

— Não assusta, mãe, eu vou cuidar da senhora, o pai morreu, vou fazer a musse, o pai tava certo, não quero uísque, também não, não, já disse, ele virou monstro, tem cheiro de diabo, não sei, já disse que não sei, não falaram, ninguém fala comigo, não sabia, não conheço, nunca fui, juro, nunca, eu não deixei, mãe, ele me obrigou, eu não queria, o corpo é meu, meu, eu falei, vergonha, na frente dos outros, reza mãe, aqui tá escuro, vou fechar o olho, dormir, dorme comigo, só hoje, reza, mãe, reza mais, tem um padre aqui, vou pedir pra ele, na parede tem uma janelinha, na parede, dá pra ver o céu, eu olho, só eu, eles não, eu fico olhando, agora vou fechar, de olho fechado dói menos, fica perto, preocupa não, mãe, eu vou ficar bom, sou forte, a musse, vou fazer amanhã, prometo pra senhora.

Quase todos os homens estavam ao lado quando ele respirou profundamente, cansado de gemer.

Refugiada

Na carteira da escola, um nó atarraxa sua garganta. Em volta, as pessoas não têm ouvidos, apenas dois grandes olhos claros que vasculham. Chegou pequena como tantas outras, em barcos dilacerados. Imigrante alfabetizada nessa língua-desenho, as letras vindo da direita para a esquerda, depois todas da esquerda para a direita, as duas agora se encontram no meio, na fenda. Coberta por uma túnica de sombras, mastiga a infância de mel e tâmaras enquanto seus cabelos embaraçam futuros. Um dia alguém escuta o seu silêncio, oferece a mão e pergunta: vamos brincar de roda? E ela vai.

Correspondência

São Paulo, 25 de janeiro de 2015

Pedro, nunca pensei em te escrever, mas hoje, feriado, alguns demônios vieram me visitar.

"Envio para o sinhor metade do rim que tirei de uma mulier e gardei para o sinhor pois a outra parte eu fritei e comi estava muito gostozo."

Essa carta cheia de erros foi enviada em 15 de outubro de 1888 para o chefe do Comitê de Vigilância de Whitechapel, George Lusk, que buscava o autor de uma série de crimes que levavam pânico à região. O remetente assumia ser Jack, o estripador, e com a carta ele enviou metade de um rim humano, preservado em vinho. O órgão teria pertencido à quarta vítima do assassino, uma mulher chamada Catherine.

Sei que é meio fora de moda escrever uma carta, quando eu poderia mandar um e-mail, um whatsapp, mas, para falar a verdade, fiquei com vontade de fazer uma coisa mais formal; até porque sempre achei você um pouco antiquado. Antes de escrever me preparei: deitei no sofá, visualizei uma grande bolha de energia em volta do meu corpo, respirei fundo várias vezes pensando no que estava fazendo e só aí comecei.

Na verdade, o que eu gostaria mesmo é de fazer o que fez Jack. Mandar bem embalado para você o rim que os médicos me extirparam no mês passado. Tudo bem, você e eu sabemos que às vezes eu sou um pouco dramática e exagero, minto, mas são mentiras sem importância, eu nunca inventaria uma coisa dessas. Digo isso porque imagino que a sua primeira reação será: ela está fantasiando de novo; querendo me envolver no seu jogo. Você bem sabe que tenho cinquenta e seis anos, fiz em novembro, e depois dos cinquenta a pessoa envelhece diferente, envelhece como um ursinho de pelúcia, ou então como um escorpião, e eu, bem, não preciso te dizer como eu sou. Tantos anos de convivência já nos apresentaram um ao outro.

Lembra quando eu dizia do meu sentimento de falta? Do buraco dentro do meu peito? Você sempre ironizou dizendo que isso acontecia porque eu era do tipo de querer arrastar montanhas, iluminar a escuridão do mundo, esses clichês todos que você adorava usar, e aposto que ainda usa. Pois é, depois do seu sumiço deixando aquele bilhete estúpido, parece que o veneno inoculado por você foi contaminando meus órgãos e eles foram sendo retirados um a um. Já somam três, e antes que algum vital — mais vital que um rim — seja atingido, resolvi te escrever.

Às vezes eu ainda me lembro do seu rosto de sabugo, o hálito de menta — eu sempre detestei aqueles chicletes que você mascava —, seu cavanhaque pretensioso, as fungadas fora de hora, as desculpas, mas tudo isso se transformou numa massa espessa que fechei dentro de uma caixa e hoje julguei que devia abrir. Não, eu não mudei o mundo, nem sequer consegui que ele desse um passo na direção oposta à barbárie. Os refugiados morrem aos montes nos mares da Europa, as meninas do Quênia continuam chorando nas cerimônias de retirada do clitóris, a fome ainda mata milhões de pessoas, os ricos estão cada vez mais ricos e você, com certeza, ainda usa aquelas gravatas largas com estampas geométricas.

Escutando o CD do Pink Floyd — que compramos juntos naquela lojinha da Augusta —, fiquei aqui pensando na sua vontade incontrolável de impressionar os outros. Será que você continua espalhando por aí aquelas doses exóticas de filosofia e arqueologia? Lembro como você gostava de falar dos egípcios, fenícios, e especialmente das escavações na Etiópia — "sabiam que lá viveu uma raça de gigantes que deixaram pegadas enormes conhecidas como pegadas de Deus? E que nas Filipinas encontraram um fóssil humano com mais de cinco metros de altura?". Sempre achei ridículo você ficar repetindo tudo isso com aquela sua cara de professor e a profundidade do Rex quando resolve enterrar os ossos.

Você também sempre fez questão de dizer que, apesar de tudo, confiava em mim. E esse apesar de tudo podia ser tudo mesmo: não só os meus projetos mal-sucedidos, mas meu jeito de falar engolindo sílabas, os colares, saias longas, minha mãe, as sessões de ioga. Hoje percebo que você confiava em mim porque eu era uma mulher sem importância; comigo você podia ser o que sempre foi, um bosta.

Nem filhos você quis que eu tivesse. E minha boca ficou muito tempo com a forma de um grito escondido. Ela já não é mais assim, mas nem por isso simpatizo comigo. Fumo, bebo, trepo, tomo sol, tenho tatuagem, digo coisas confusas, falo palavrões, e às vezes me odeio. Me odeio por ter saudades dos sábados na cozinha com você fazendo nhoque. De batata, ricota, espinafre, eu toda verde, o macio entrando pelos dedos, cobrindo as mãos, e a sua voz rouca, "ponha mais farinha, agora uma gema, faltou sal".

A lembrança daqueles sábados com o monstro invencível das massas, como você gostava de ser chamado, escorre pelos meus ombros como uma mortalha, e sei que um dia vai me matar. Mas antes que isso aconteça, eu finalmente vou atender o pedido feito no seu bilhete. Junto com essa carta você vai receber a sua velha máquina de fazer massas. Talvez ainda suja de espinafre.

Márcia

Floripa, 1/02/15

Márcia,

Quanta gentileza! Você não precisava ter o trabalho de me mandar a máquina, porque agora tenho uma modelo Atlas 150 italiana, semiautomática com quatro cilindros, toda em inox, que faz massas planas e também várias de outros tipos. Como você vê, estou bem suprido. E desde que me mudei pra Floripa descobri que as mulheres aqui são muito gostosas e não enchem o saco. Sinto muito os médicos estarem retirando partes de você; dou apenas um conselho: não deixe que eles tirem aquele seu cuzinho apertadinho, se é que ele ainda é assim. Por falar nisso, sabia que na época da dinastia Han os chineses usavam encaixes anais de jade para evitar que "essências vitais" escapassem do corpo? Os pesquisadores encontraram isso escavando várias tumbas daquele período próximas a Xangai. Cuidado com as suas essências vitais.

Do seu inesquecível

Pedro

Aquilo

Todos os dias eles conversam, veem TV, cozinham, às vezes vão ao cinema, cuidam da casa, do cachorro, e dormem sempre na mesma cama grande de casal. Mas eles nunca falam daquilo. Quando percebe que ela está nervosa, ele acha que é por causa daquilo. E quando ele fica parado olhando para o nada, ela tem certeza que aquilo o está perturbando. Às vezes aquilo chega perto deles e os dois ficam mudos. Um dia, a mulher, já cansada de carregar aquilo como se estivesse arrastando um enorme caixão, resolveu perguntar. Ele então tomou coragem e também quis saber. Ficaram tão aliviados depois dessa conversa que resolveram não se importar mais com aquilo. Mas em pouco tempo sentiram tanta falta que começaram a desenvolver um novo aquilo.

Praça Tiradentes

Estica um braço, depois o outro, até que resolve abrir os olhos e encarar a fresta. O dia amanhece, ele não. A cachaça é preguiçosa, os advogados também. Tudo começa depois do meio-dia.

A garrafa térmica se oferece e ele bebe do gargalo deixando escorrer pela cara um café antigo. Pigarreia, dá uns urros e se põe de pé alcançando a branquinha: "Minha mulher, a melhor de todas", costuma dizer aos que prenunciam a cirrose. "Morrer de amor por ela é bom. Os bêbados são felizes, sabia não, doutor?"

"Vai graxa aí? Esse bico fino de couro importado merece um trato. Não seja mão de vaca, oito contos e ele fica novo!"

Magro, cabelos longos, gosta de guardar as bitucas de cigarro nos bolsos da bermuda. As manchadas de batom são suas preferidas. Adora sentir seus lábios apertando aqueles tons de rosa, roxo, vermelho-sangue. Todos justificam joelhos dobrados, costas arqueadas, a cara enfiada nas gretas, nos bueiros, os dedos em cinzeiros alheios. Outras coisas vão para baixo do papelão: CDs velhos, canetas que não funcionam, cartas de baralho, embalagens, barbantes gastos. No canto esquerdo ficam os panos do Trovão, cachorro amarelo com costelas aparentes e um rabo quase sem pelos. Ao lado, o caderno de capa verde e a caneta prateada, presente do rapaz que passa todos os dias carregando uma pasta cinza.

É canhoto, mas até os canhotos têm restos de memória: "Quando vi a mãe morta, achei que ela parecia um anjo de corpo pequeno e sorriso azul. Mesmo assim mortinha, estava linda. Usava saia rodada e blusa de flor. Um dia ainda construo a casa pra ela, doutor. Vai ver lá do céu que eu sei empilhar tijolo. Vai ser de bloco, não. De tijolo, igual casa de rico".

Conhece todos os advogados do pedaço, seus ternos escuros, gravatas espalhafatosas, e sabe que tipo de sapato usam. Conhece também o garoto do tênis vermelho, o homem manco, a prostituta do 32, a travesti de unhas verdes, a velha descabelada que sempre passa choramingando. Trata todos eles com o maior respeito. Gentileza gera gentileza, costuma dizer. É um poeta incompreendido, gritam alguns. Não passa de um bêbado que não quer trabalhar, acusam outros.

Sem tatuagens nem cicatrizes aparentes e com pavor de pronunciar o nome do demônio, gosta mesmo é de fazer versos e homenagens: "Esse trago é pra ela, esse pro Binho, esse outro pro santo".

"Tô zuado, não, doutor. Hoje acordei bem, conversei a noite toda com o excelência do carro preto. Graxa marrom? Tem sim, pode sentar, nem cinco minutos e o but fica novo, garanto. Ela queria tanto ver o mar e eu não mostrei. Prometi e não mostrei. Verinha também queria ver o mar, mas ela não merecia. Mereceu mesmo foi a surra que levou. Bati com fé pra ela aprender que não sou homem de meia mulher, metade minha, metade da Lena. Já se viu isso, doutor? Tá com pressa, eu sei, tô terminando."

"Opa!, há quanto tempo, quem é vivo sempre aparece! Pode se acomodar e ler o seu jornal sossegado. Alguma notícia boa? Aposto que só roubalheira, tem mais nada, não, só isso. Eles roubam e nós aqui na dureza. O senhor é diferente, tá na moral, no bem-bom de gente estudada. A mãe fez de tudo pra eu ficar na escola. Aguentei uns anos, até que não deu mais e falei pra ela: 'Isso não é coisa pra mim'. E enterrei o assunto."

"Olha lá o homem da placa, doutor. Passa todo dia aqui. Acredita que nunca viu o ouro? Eu também nunca vi, mas quem carrega a placa é ele. Fiquei com pena, fiz um poema. Começa assim: 'Ver tudo é não ver nada/ Nem o frio da madrugada/ Nem a alma do outro esburacada'."

"Pronto, doutor, serviço de primeira."

Quando viu a dona e sua criança apressarem o ritmo ao passar por ele, não perdoou: "Vai graxa aí, madame? Também sei cuidar de salto alto". Ignorado, tacou logo um verso: "Bela, bela, mais que bela/ Como é o nome dela?/ Será Vera, Tereza ou Gabriela?".

Ouvindo o elogio, a mãe acelerou ainda mais o passo, mas a menina cor de azaleia grudou os olhos no homem e, por mais que o braço fosse com a mãe, sua íris continuava ali, hipnotizada.

Convento

Nas escadas escuras, as suspeitas, as apalpadas, as escutas, as desculpas. Chegou menina pobre como tantas outras, hoje madre Maria da Fé. Ontem Leila Milhahan, imigrante árabe, embalada em almíscar, zaatar e noz-moscada. Estrangeira no seu próprio território. Com o tempo, a ordenação, o orgulho dos pais, a nova veste, mortalha de desejos.

Na padaria do convento a massa é quente e macia: mexo, estico, aliso, elas em volta, noviças, tão jovens, quase meninas, peitinhos amanhecendo. Chamo, assobio, faço ofertas — doces em troca de mamilos rosados, moedas por princesas que querem virar rainhas, a farinha manchando meu hábito, nem tudo é preto, nem tudo é branco. Livrai-me das tentações, Senhor, livrai-me do mal, só o Senhor me acompanha, só o Senhor do meu lado, de que lado? Não posso, não devo, não quero, quero, quero, quero.

Às vezes, para se acalmar aspirava os tapetes, as outras dizendo: "Não faça isso, madre, não é trabalho para uma superiora". Outras vezes, se dedicava a fechar as janelas do casarão — eram 22, uma dentro da outra. Gostava de ficar sozinha no sótão escutando Beethoven. Lá, o seu mundo, lá não precisava fingir. O terno a encarava, a gravata lambia seu peito e o espelho se enchia de orgulho. No dia em que foi à farmácia, a pivete a olhou de frente: "Tem uma grana aí pra mim, urubu?". No sótão, madre Maria da Fé pediu que ela tirasse a roupa. Pela janela viu um sabiá-laranjeira muito grande empoleirado em um galho fino, que ameaçava quebrar com o seu peso. Havia muitos galhos mais fortes à sua volta, mas ele escolhera aquele. A garota mexeu nos bolsos, tirou uma navalha, colocou-a em cima da mesinha e a madre achou que ela tinha os seios muito grandes. Observou o triângulo dourado dos pelos pubianos e pôs a sonata nº 23 para tocar, recostando-se na poltrona florida. Sem desgrudar os olhos da navalha, a garota começou a andar de um lado para outro naquele espaço pequeno e abriu um armário. Tirou de dentro algumas caixas e uma lhe pareceu especial: bem-acabada, toda revestida de seda vermelha. Abriu e deu largo sorriso. Começou então a rir cada vez mais alto e a madre pediu que ela ficasse quieta. Às gargalhadas, batia com os pés descalços no assoalho de madeira, requebrando os quadris no que parecia ser uma dança indígena. Um cheiro de bife saiu da cozinha e entrou pelas frestas da porta perfumando tudo com gordura. A freira levantou-se, tentou contê-la e, na tentativa de alcançar a navalha, se encontraram no corpo a corpo — os olhos da garota pareciam separados do resto, como se estivessem olhando de outro mundo. A madre, gemendo na busca de uma força que não possuía mais, viu a pivete desembestar pelos corredores aos berros, exibindo o corpo nu. Levou com ela a caixa de seda vermelha, a navalha, a vingança.

Na hora do jantar, a madre conduziu as preces com serenidade: "Pai nosso que estais no céu, bendito seja o fruto do Vosso ventre, não nos deixeis cair em tentação". Amém!

Fuga

Já era um velho, e quando lhe perguntaram como conseguiria fazer a travessia, disse que acreditava nas palavras. "No meu país as palavras ficaram bravas, pontudas, muito diferentes das que moram nos livros que li. E eu sei que lá, nessa palavra tão curta para onde estou indo, há muitas outras já quase esquecidas, e também vários modos de olhar o mar." Disse isso, agarrou um daqueles seus livros antigos, dobrou o medo de que seu coração ficasse enganchado na maçaneta da porta, acalmou o lábio superior que teimava em chorar e foi.

Pernas

Pernas, muitas pernas, para onde vão? São brancas, negras, amarelas, com pelos, sem pelos, varizes, para onde todas elas? As minhas são lerdas, viajam como as tartarugas, buscam refúgio em lençóis de vento, camadas finas de poeira, ondas de espuma quase invisíveis. Muitas vezes abrem armários, arrombam gavetas, dão piruetas em busca sem fim. Procuram as tuas, aquelas tão fortes, cheias de vida, destemidas, sem medo das mortes, as mortes que vêm igual a um neném e logo se vão nas frestas do chão.

Tomo coragem, passo o batom, calço a bota, arrumo a saia, bato a porta.

Vou.

Fungo, engulo em seco, finjo um sorriso. Caminho pela calçada, sinto a agulhada e do outro lado te vejo. Vestida em desejo, me atiço sem dó. Como escrava de Jó, procuro e não acho a palavra correta. Aquela que diz o que quero que saibas. A boca entreaberta, um som que não sai, um vai que não vai, até que decreta: "Tu, que andaste com elas pelos confins, acariciaste as noivas, os demônios e querubins, agora quero de volta essas pernas. Entrelaçadas nas minhas, arrepiando meus pelos, eriçando cabelos, quero o que é meu". Um dia, já bem distante, você prometeu. Lembra? Serão sempre suas, pode guardá-las na caixinha de joias; a pequena, onde estão seus tesouros mais valiosos.

A caixa era de vidro e se quebrou. Guardei seus cacos nos caminhos da memória, aquela que guarda, esquece, desaparece. Hoje meu sonho foi revelador. Não era de espanto, não era de paz, nem era de dor. Era de posse, de sede do teu amor. Por isso vim buscá-las. Quero de novo no meio das minhas. Já não sei mais andar sem elas.

Diagnóstico indefinido

Eu sou a ferida e o punhal! Eu sou o rosto e a bofetada!
A roda e a carne lacerada, carrasco e vítima afinal
Vampiro de meu coração, eu sou destes abandonados
Ao riso eterno condenados. E que nunca mais sorrirão!

Charles Baudelaire, *As flores do mal*

Depois que mamãe morreu minha irmã deu de me telefonar de lá, falar da previsão do tempo, da horta, dos coelhos, do que é bom para tirar manchas da roupa e mais um monte de baboseiras. Não sabe que se eu desse de cara com ela hoje metia uns socos no seu fígado, no baço, mas eu nem sei onde ficam o fígado, o baço, ela é quem sempre soube tudo.

Quando a ambulância chegou, eu ainda estava no andar de cima. Você é uma frustrada, uma monstra capaz de fazer o que fez, ele sempre me disse que era tudo mentira, você e sua mente deformada, sempre inventando, vivendo de fantasias. Aquilo me matou, ela nunca tinha sido agressiva comigo e agora um trovão parecia ter atravessado seu corpo. Não tive culpa, ainda consegui gritar. Ele lá estendido, muito sangue saindo da boca, o esgar de quem quer dizer alguma coisa.

Mesmo que ele vire um vegetal, ainda assim estará vivo e ela poderá cuidar dele, passar a mão no seu cabelo, no rosto, sentir sua pulsação, beijar o corpo todo.

Assim que ele se aproximou e tocou no braço dela dizendo boa noite, eu sou o Tomás, percebi que eles não se conheciam, tinham se visto ali, ali naquele bar onde eu também estava, com meu melhor vestido, minha melhor maquiagem, o batom carmim quase roxo, mas ele disse "Boa noite, eu sou o Tomás", *para ela*. Senti como se tivessem me arrancado um dente sem anestesia, mas eu era uma rainha educada e orgulhosa, não deixei que percebessem o buraco recém-escavado. E continuei tomando meu suco de abacaxi.

"Posso me sentar um pouco com vocês?" Ele disse vocês mas não me viu, não tinha gestos senão para ela. Junto com o suco engoli meu orgulho e aceitei o que o destino me dava como esmola: um rápido abaixar e levantar do corpo com um "Toma, seu guardanapo caiu". Nessa hora senti seu cheiro. Um cheiro que ele também parecia querer exibir só para ela. Eu já tão acostumada comigo mesma, e agora essa presença inesperada de ombros largos, olhos cor de telha e sobrancelhas imensas.

No jardim da nossa infância, ela fazia guirlandas de flores e colocava na minha cabeça dizendo "Você é minha rainha, você ganhará um, dois, muitos reinos e escolherá com qual dos príncipes quer se casar". Eu, com os cabelos enfeitados, caía em alegrias sabendo que o amor do mundo me esperava. Éramos duas, quase uma só, partilhando tudo: a varanda, tardes de sol, passeios de bicicleta, sorvetes de casquinha, camas lado a lado, confidências.

Ela não gostava muito que soubessem. E quando não tinha jeito, dizia apenas: "Ela tem isso desde que nasceu, mas é a melhor irmã que eu poderia ter. E também a mais inteligente". Eu não falava nada, o melhor era ficar muda.

Pele branquíssima, um sorriso de quem nunca teve cólicas, ansiedade, depressão, ou qualquer defeito visível, assim é a minha irmã. Eu nunca a invejei, nunca quis nada disso, nem a sua magreza ou a agilidade dos olhos; quis apenas que ele entrasse novamente, tocasse no *meu* braço e dissesse "Boa noite, eu sou o Tomás".

Quando anunciaram o noivado, mamãe e papai ficaram eufóricos com a ótima escolha. Eu, tentando abraçá-la para desejar toda a felicidade do mundo, como uma boa irmã faria, quis ao menos sorrir; não consegui. Senti o coração batendo dentro da cabeça e comecei a chorar. "Sempre foi tão sensível, ficou muito emocionada", ouvi eles dizerem. Ela então se aproximou, me rodeou com seus braços longos e falou no meu ouvido: "Seu dia também chegará". Ouvi aquilo com uma alegria sumida e só consegui dizer: "Mas como, se eu nunca beijei um homem na vida?". "Você ainda vai beijar", ela falou encostando seu rosto no meu. Tomás também se aproximou e deu uns tapinhas nas minhas costas me chamando de cunhadinha.

Uma coisa fora do lugar, minha falta de naturalidade, um metro e oitenta de descontrole dos gestos, eu incomodava os outros, sabia disso, e já tinha me habituado. Mas agora, ele por ali, a intimidade devassada, não poderia mais errar, tinha de ser igual a todos, cumprir um papel, corresponder às expectativas.

Olhos fechados no escuro, sussurros, beijos, risadas, o fogo se espalhando. Tentei me acostumar com sua presença em nossa casa quase todas as noites, mas pela manhã, ao me olhar no espelho, enxergava um rosto que não era mais o meu, um rosto que precisava esquecer que ele chegou naquele bar onde eu estava com meu melhor vestido, minha melhor maquiagem, um batom carmim quase roxo, e ele tocou não no meu, mas no braço dela dizendo "Boa noite, eu sou o Tomás". Outras mudanças aconteciam: a empregada recebeu ordens de minha mãe para deixar a casa sempre limpíssima, foi comprado um conjunto de sofás novo, o jantar passou a ser mais caprichado — sim, Tomás agora jantava com a gente — e eu mudei de posição na mesa.

Misteriosa e pensativa, você anda assim, ela me disse depois de alguns dias. Meu jeito de caber no mundo, cada um acha o seu, não é mesmo? Cunhadinha, agora eu sou a cunhadinha.

Naquela sexta-feira, quando ele disse que eu estava bonita, fui para o quarto, enfiei duas argolas prateadas nas orelhas, aparei o cabelo e resolvi que nunca mais roeria as unhas. Amanheci com vontade de cantar e fui direto para o banho. A luz que entrava pela janela iluminava meu corpo de um jeito diferente, e eu me senti uma cigana.

Descobri que parar de roer as unhas não é fácil. Comecei aos cinco anos, isso minha mãe não colocou naquela caixa do que não é para ser contado. Lá, aos dezoito, achei alguns exames de sangue de quando nasci, depois muitos outros, radiografias do corpo todo e até tomografias do cérebro. Tudo de quando eu era bem pequena. Diagnóstico indefinido, provavelmente distonia generalizada, li ao final de toda a papelada.

Cantei no chuveiro, no quarto, na sala, varanda, até que saí para umas compras pelo bairro. As pessoas me olhavam como sempre olharam, mas eu agora devolvia um sorriso que elas não conheciam. Voltei para casa só no final da tarde, com um cachorro amarelo de orelhas caídas me seguindo. Talvez sentisse o meu cheiro, sempre um pouco forte, ou então o cheiro da saia nova que comprei junto com outro par de argolas, dessa vez douradas. Quando cheguei em casa o cão já tinha desistido de mim, mas Tomás estava lá.

Apenas um instante, minha irmã saiu da sala e subiu para pegar alguma coisa, quando ele olhou para o lado, chegou perto, e eu senti o beijo no canto da minha boca. Sabia que não era certo contar e a reação dela veio rápida: "Pelo amor de Deus, não estrague a nossa felicidade, você não tem esse direito". Estragar a felicidade deles? Eu, a do diagnóstico indefinido? A que já tinha me acostumado a proteger a alegria dos outros sem saber onde se escondia a minha? Não era justo!

Quando Tomás chegou com a caixinha e chamou todos para a sala mostrando as alianças, minha irmã caiu num choro misturado a risos, papai e mamãe gesticulavam, davam abraços, desejavam muitas alegrias, diziam que eles eram um casal perfeito, e eu, no meio de tudo aquilo, pela primeira vez fiquei com medo.

Com a aliança já posta no seu anular direito, a noivinha passou a me irritar com seu jeito cheio de ternura e de preocupações: "Você está bem? Quer que eu te ajude em alguma coisa? Precisa que eu vá com você ao dentista?".

Na infância tudo era mais simples, eu tinha sobrevivido e isso me dava um lugar privilegiado na família. Era a mais velha, ganhava os melhores presentes no natal, tênis com bichinhos de todas as cores, e de repente uma adulta, fazendo coisas que os adultos fazem, no meio dessa história de ter que ser feliz.

Decidi que não jantaria mais junto com eles e estava procurando uma desculpa convincente, quando naquela noite ele roçou várias vezes a sua perna na minha por baixo da mesa. Eu o encarei e ele, como se nada estivesse acontecendo, continuou a conversar com papai sobre coisas do trabalho. De novo, achei que não devia contar nada a minha irmã, mas não resisti. Muito aflita, ela me olhou de um jeito como nunca tinha olhado e disse que era tudo fantasia minha, "essa fantasia confortável que você sempre tira do bolso quando quer conseguir alguma coisa", acrescentou.

Não consigo nomear o que senti. Também não sei explicar o que aconteceu nas duas semanas seguintes, mas quando o agarrei pela gola do paletó, nossos corpos quase grudados, e ele desabou pelos vinte e dois degraus, percebi que eu estava viva. O céu exibia um azul limpíssimo sem nenhuma nuvem.

Será que ela é quem troca a sua fralda, limpa a sua baba, põe a cadeira dele no sol?

(Distonia é um tipo de movimento involuntário que pode ocorrer em qualquer região do corpo ou mesmo generalizada e se caracteriza pela contração de certos músculos. Em geral, essa contração involuntária e desarmônica provoca posturas anormais do segmento do corpo envolvido: cabeça, mão, tronco ou pé.)

Final de festa

Ontem, quando eu era menino, gostava de espiar. Pelas frestas, buracos de fechadura, aberturas nas janelas. Hoje, olho de frente.

A maioria já tinha se retirado, alguns continuavam lá. Os de sempre: bêbados, mulheres solitárias, garçons, cinzeiros sujos, guardanapos amassados e copos, muitos copos. Exibiam restos de cor púrpura, amarela, ou mesmo incolor, mostrando presença de maneira discreta.

As paredes de mármore rosa com filetes dourados foram decisivas para que eu comprasse a propriedade. Esbanjavam o luxo que eu queria ter. Luxo de casas que não existem mais, nem nessa rua, nem nessa cidade. No salão redondo em frente à escada, o sol do início daquela manhã refletia no janelão de vidro, desenhando um facho no estofado dos sofás. Subia pelas paredes até o teto e lá, como guardião atento, estava o lustre de alabastro.

Imponente na sua dureza e ingênuo nas florezinhas coloridas da base, ele observava.

Via os móveis gastos, os espelhos ganhando fungos e, mais do que tudo, a atitude dos convidados. Analisava seus rostos, seus vícios, as indelicadezas, os truques para disfarçar o tédio. Nesse dia, reparou. Reparou outra vez e viu.

Entre os muitos balões de gás que foram soltos na beira da piscina, aquele não conseguira levantar voo. Debatera-se até quase um metro, desabando, por fim, no piso de granito. Em formato de coração e vestindo seu melhor vermelho, era um balão de brilho afoito e beiradas bem fundidas, o mais lindo balão que alguém já tinha visto. Sua ponta levemente arrebitada dava a ele um ar de quem pode resistir ao tempo.

Talvez tenha sido isso o que me arrebatou. Percebi minhas costas curvadas, o tremor das mãos cheias de pregas, as pernas pedindo ajuda. E sem que o lustre se desse conta, cheguei mais perto.

Me coloquei junto da porta de entrada, ou seria de saída? E fiquei ali como se não ficasse, como se pudesse entrar de novo em uma história que já passou. Por que é tão rápido, meu Deus? Será possível mais alguns anos entre o hoje e o amanhã?

O balão movimentava-se nervoso pra lá e pra cá, demonstrando toda a teimosia de um balão de gás que não consegue subir até o céu. Parecendo compreendê-lo, o vento, irreverente como sempre, encarregou-se de levá-lo para dentro, para o canto direito da sala principal. Ele e o longo fio prateado que saía de seu interior.

    Tão perto e tão distantes, olham-se. Não dizem nada. Apenas pedem-se com pressa. Um quer dar-lhe suas flores, o outro o seu cordão. E ali ficam. Sérios, encarando a impossibilidade. O nervosismo aumenta, acelera uma respiração sem controle, aconchegada na maciez daquela pequena distância entre chão e teto. A superfície escorregadia do alabastro parece ficar mais porosa enquanto o balão em forma de coração ensaia pequenos saltos sem sucesso.

    Escutam o silêncio da festa acabada até que ficam só os dois.

    E o vento vem outra vez.

    Despenteia a poeira debaixo dos móveis, monta redemoinhos, levanta o que pode. É lento, sutil, e o balão começa a subir. Sobe até a altura das poltronas, chega no aparador, encosta no friso do lambri e roça seu corpo carmim no cinza-esverdeado do alabastro. Esfrega-se naquele material gelado uma, duas, cinco vezes, até que as flores sorriem e o cordão prateado beija suas pétalas. Ficam assim juntos, deslizando-se de frente, de lado, sem qualquer domínio sobre os movimentos. Olhos inquietos, a ponta do coração lambe o cálice daquele que tem a resistência capaz de acolher o melhor dos segredos. Aconchega-se, fica ali por alguns segundos até que, escorregadio e leve, reinicia os movimentos juntando e afastando-se em compassos e vibrações silenciosas.

Chove. A água tremula nas calhas, ouvem o ruído dos trovões, os gritos do temporal. Dançam em meio à tempestade que ameaça arrancar as árvores de suas raízes. De repente um cansaço, a calma.

Eu também acalmo. Me acomodo entre memórias esgarçadas e vejo os retalhos.

Já eram quase cinco da manhã quando o vento deu mais uma lufada, recolheu o que julgava ser seu e separou-os para sempre.

Dei meia-volta, olhei a desordem no resto da casa e subi as escadas para o meu quarto.

Lidia Izecson é mestre em Educação e autora do livro de contos *Não somos nós* (Dobra Editorial, 2014). Publicou textos para professores, contos e livros infantojuvenis. Entre 2009 e 2018, participou de antologias como *Outra quarta-feira* (Terceira Margem, 2009), *A medida de todas as coisas* (RDG, 2011), *Partidas: ausências, rupturas, despedidas* (Dobra Editorial, 2012), *Ninguém humano: bestiário do Coletivo Literário* (Terceiro Nome, 2014, org. de Noemi Jaffe), e da segunda coletânea de prosa *Mulherio das Letras* (Indicto, 2018).

© Lidia Izecson, 2020
© Editora Quelônio, 2020

Edição Bruno Zeni
Capa e projeto gráfico Sílvia Nastari
Revisão Carmen T. S. Costa
Tratamento de imagem Paulo César S. Pires Lamas

Imagem de capa *Coleção de penas de pássaros* (1858), por Margaret Bushby Lascelles Cockburn (1829-1928), Museu de História Natural, Londres

---

Dados Internacionais de Catalogação na Publicação (CIP)
(Laura Emilia da Silva Siqueira CRB 8-8127)

Izecson, Lidia.
 Seridó e outras histórias / Lidia Izecson; capa e projeto gráfico, Sílvia Nastari. 1ª ed. – São Paulo: Editora Quelônio: 2020.
 200 p. ; 13 x 20 cm.

 ISBN 978-65-87790-02-2

 1. Ficção: Literatura brasileira 2. Literatura brasileira: conto 3. Literatura brasileira: novela.
 I. Izecson, Lidia. II. Nastari, Sílvia.

CDU 821.134.3(81)   CDD 869.1

Índices para catálogo sistemático:

1. Ficção: Literatura brasileira
2. Literatura brasileira : conto
3. Literatura brasileira : novela
 869.1

Editora Quelônio

Rua Venâncio Aires, 1072
Vila Pompeia / São Paulo - SP
CEP 05024-030
www.quelonio.com.br

Fonte ITC Garamond Std
Impressão Bartira Gráfica
Papéis Chambril Avena Soft 90 g/m²
e Cartão LD 250 g/m²
Tiragem 300 exemplares
São Paulo, setembro de 2020